少年時代

～ 熊ちゃん少年 ～

熊田 喜三男

学文社

はしがき

『少年時代』というようなタイトルで本を書く直接的な動機は、随筆とか随想とか自分史的なことを書いても、そろそろ良い年齢かなと判断したことである。しかも、日本人の男性の平均寿命からすると人生の灯もそんなに長くは点らないし、いつの間にか親友といえる仲間もだいぶ少なくなった。そこで、一大決心して著作してみることにした次第である。仕事柄、専門書や論文と称されるものには、少なからず挑戦してきたが、自分史的なことを書いた経験はない。そこで、どのようにして、文章を起こせば良いかと随分と迷ったが、自然体で自己流に書けば良いのではないかと思い、著すことにした。

人には、それぞれ人として関わり合って暮してきた人生というものがある。自分自身の歩んできた道も他の人と大して違いはないが、見方を変えれば少しだけ違う形での人との関わりがあったかなと思われないでもない。だが、自分史というような形の著書は、人間が成長するに従って、客観的なものが少なくなり、主観的などろどろしたものが多くなる傾向も避けられないことも事実である。それを極力避けるためにできる限り、少年時代（小学生時代）を比較的新鮮で、しかも図太く生きた頃のみを捉えて書いてみることにした。そこで、書名も広く幼少年期を含めて単純明快に『少年時代』、副題に熊ちゃん少年としたのも、このような事情からである。

本書の内容を端的に示してみるとおおむね、次のようになっている。それらは、第Ⅰ部、幼年期〈第一章〉――誕生から本川国民学校（小学校）へ入る前（昭和十一（一九三六）年五月～十八（一九四三）年三月）。第Ⅱ部、本川国民学校（小学校）期〈第二章〉――本川国民学校に入学して学童集団疎開（昭和十八（一九四三）年四月～二十（一九四五）年四月）まで。第Ⅲ部、十日市国民学校（小学校）期〈第三章〉――学童集団疎開で十日市国民学校（小学校）に転校し、寺での生活（昭和二十（一九四五）年四月～十月）まで。第Ⅳ部、深瀬国民学校（小学校）期〈第四章～第九章〉――寺での生活を終え松本家の仲介で重富さん家（ち）の貰い子として秋町の集落に行き、深瀬国民学校へ転校し、深瀬小学校卒業（昭和二十（一九四五）年十月～二十四（一九四九）年四月）までの四部構成となっている。

第一章では、熊ちゃん少年の名前の由来、実父の戦死と実母の病死で実母の姉に引き取られる。広島という名の来歴と日清戦争時の広島大本営、海軍兵科将校の養成機関である江田島の海軍兵学校、戦艦大和を建造した呉海軍工廠、平清盛の開いた音戸の瀬戸、大崎下島のミカンと御手洗港のおちょろ舟などについて紹介している。

第二章では、養母・チヨノ母さんとの見解の相違で烈火の如く叱られ、家出した熊ちゃん少年、出征兵士を送る日々の学童と奉安殿への最敬礼、追加された広島市の学童集団疎開への参加、小学校が国民学校と改名、日本軍の真珠湾攻撃と第二次世界大戦の開戦およびミッドウェー海戦の敗北、B29重爆撃機の空襲とグラマン戦闘機の来襲の激化、金物収集と建物・家財の引越し、毛利輝元が築いた広島城、浅野長晟の別邸縮景園などについて触れている。

第三章では、辛い空腹を抱え柿泥棒した二人、親友の寛ちゃん野壺に落ちて助けた熊ちゃん少年、芋を盗んだ両名は和尚さんより説教、シラミ、ノミ取りの日課と法正寺の生活、広島の原爆で三次に送られてきた被爆者、天皇陛下の玉音放送で終戦、終戦で覚善寺に終結した身寄のない児童の貰い子募集・選別、三次の名の由緒と三次の鵜飼、三次藩浅野家菩提寺鳳源寺の瑤泉院と赤穂義士萱野半之丞について詳述している。

第四章では、重富家に貰われていった熊ちゃん少年、深瀬地域と秋町地域の同級生、秋江母さんの死と女手を失った重富家、国民学校が小学校と改正および六・三制の義務教育、村落・集落の意味と市町村合併した秋町、高杉城（杉山城）と知波夜比古神社などについて述べている。

第五章では、広島において地獄で仏（山縣さん）に会う熊ちゃん少年、電灯違反事件の使者としての役割および合理的な箱膳利用の田舎生活、広島駅周辺でたむろする原爆孤児、相生橋近くの県産業奨励館（原爆ドーム）、爆心地に最も近い本川小学校と平和資料館、原爆投下時の広島市役所の役割と日本銀行広島支店・福屋百貨店、闇市場の意味と広島駅前の闇市などについて語っている。

第六章では、水田の準備、苗作り、共同作業としての田植、除草、水管理、稲刈、脱穀、籾すり仕事を手伝う熊ちゃん少年、万屋や商店で物々交換、米俵編みと米俵詰めおよび米俵の運搬、魚・肉の自給自足とワニの刺身、三次藩主浅野長治が江戸から人形師を招き、作らせた三次人形などを話題にしている。

第七章では、副収入源としての麦の栽培と麦踏みする熊ちゃん少年、野菜の収穫と保存方法、井戸水汲みと風呂焚き・薪作りおよび牛の飼育、日彰館高等女学校（旧制）への着任を切望した石川啄木、三次中学校（旧制）出身の中村憲吉・倉田百三の名声、天皇陛下の広島巡幸と拝顔、稲生武太夫化物退治の物語などを内容としている。

第八章では、暇があったら野良仕事せよと怒られて畑に捨てられた熊ちゃん少年の教科書、学校を休んで土木工事へ参加、学校給食の起源と昼食弁当の副食物の交換、自然児トム・ソーヤと大航海時代の人々、深瀬隆兼の祝屋城や宍戸元源の五龍城および毛利元就の郡山城などについて取り上げている。

第九章では、いたずらっ子たちの道草と紅葉イチゴを採取する熊ちゃん少年、進駐軍の日本占領ならびにチューインガム製造の挑戦と墨塗りした教科書、鬼ごっこ・缶蹴り・ジャンケン遊びとケンケン相撲、薪を背負って読書する二宮金次郎像の運搬と通学路測定、ドイツで始まった徒歩旅行と修学旅行の意義、宮島への修学旅行と初めてみる海にバンザイ三唱、戦国争乱の一舞台となった宮尾城、軍服・モンペ姿の先生達といろいろな服装の女子児童、雪駄を履いた男子児童もいた卒業式などについて説明している。

本書が読者の目に触れ、親たちが読んでみて子どもと一緒に考え、語り合える材料になればとの思いを込めてまとめてみた。また、あちこちの文章の中に入れたスケッチ〔平成二十一（二〇〇九）年～二十四（二〇一二）年作成〕は、都会と田舎の生活を経験した小学生（少年）が生きてきた生活そのものが想像できるようにと考え、なんでもない平凡な風景であるが描いてみた。それゆえ、観光となる名所・旧跡のスケッチは一点を除きほとんどない。だが、文中では各章の随所に名所・旧跡に関して文章を展開している。

この文章に触れて、広島市や三次市さらにその周辺の安芸高田市なども訪れてみたいとの糸口になればと考えた。場所によれば、当時の昭和二十（一九四五）年代初めの光景と今日の光景と全く異なる場合もあれば、当時のままの場合もある。この書物が観光の案内書的な役割も果たすようなことがあれば幸せである。

本書全体にいえることだが、できる限り正確を期すために文書・書物などで立証することを心がけた。それらは、すべて諸先学のすぐれた研究成果に教えられ、数多くにわたり利用させて頂いたものであり深く謝意を述べたい。また、とくに少年時代の個人的な事柄は、半世紀以上も古い話を記憶により整理し、まとめただけに幾らか勘違いをしたりして、不備・不十分な点もあるかも知れないと反省するものである。その点については今後、人々の意見に率直に耳を傾け、改める機会があれば改め補正して、より良いものにしていくようにしたいと思っている。

最後に、出版に際し、これを快くお引受け頂いた編集長をはじめ、それに本書の制作にひとかたならぬお世話になった学文社の方々に記して感謝の意を表す次第であります。

熊田　喜三男

二〇一二年十二月

目　次

第Ⅲ部

第Ⅳ部

第Ⅰ部

1章 少年の家族

第一節　軍都広島と家庭

私（以後、熊ちゃんと呼称する）は昭和十一（一九三六）年五月六日、実父は良一、実母はナオコの長男として、広島県広島市大州町に生まれた。大州町は広島市の東部で、熊ちゃんの幼少の頃は都市の中心から遠く離れた草深い片田舎的な場所であり田畑が広がり、家の近くには自動車（オート）レースなどができる競技場があった。レーサーがオートレースをするために赤、青、黄、えび茶色など色とりどりのユニホームを着ており、それらをみるだけでも楽しかった。何故か黒みを帯びたえび茶色のレーサーが、頭の中に鮮明に残っている。

なお、広島県とか広島市とか称する広島の県・市名の由来であるが、それは毛利氏の祖である大江広元の広と、家臣の福島元長の島から一字ずつ取ったものである（朝日新聞社事典編集部編『平成大合併がわかる日本地図』朝日新聞社、二〇〇六年、三五ページ）。

その広島市は明治以降、軍事拠点として陸海軍から重視された地であり、日清戦争の際には天皇直属の軍最高司令部である大本営が置かれ、広島市はその後、国内屈指の軍都となった。第二次世界大戦後（以下、戦後という）は、自動車、機械・金属工業などによって復興をなし、その上世界で最初の被爆地として、平和運動のシンボル的存在となっている。軍都広島についてみると、明治六（一八七三）年に広島鎮台が設置され、明治十九（一八八六）年に第五師団司令部（現・広島城）と改称した。そして、第五師団を構成する部隊として、野砲兵第五連隊、輜重兵第五連隊（現・中央公園）があり、歩兵第九旅団司令部、歩兵第一一連隊司令部（現・合同庁舎）、工兵第五連隊（現・安田学園）があった（野島博之監修『昭和史の地図』成美堂出版、二〇〇五年、一二六～一二七ページ）。

さて、熊ちゃんの名前であるが、本名は喜三男となっているので、多くの人は兄弟のうち三番目の男子、つまり「三男（さんなん）」ではないかと思われているようだが、歴とした長男である。話によると、実父良一は音楽好きでバイオリンをやっていたとかで、心の許せる男の友人が三人いて、その友人たちが熊ちゃんの誕生をたいへん喜んでくれた。そこで「喜んだ三人の男」がいたということで、喜三男（きさお）と誠に特色のない名前を付けたようである。あまりにも平凡な名前を付けたため、とくに大人はわざと間違えて喜三郎（きさぶろう）と呼ぶこともあった。「喜三郎とは違うわい」といったら、ある大人が「喜三郎でも良いではないか」、「何故だ」、それは「義侠を建て前として世渡りする江戸の侠客、腕の喜三郎のことで、喜三郎は正義を重んじて、強き人をこらしめて弱き人を助ける男で、まんざら捨てた名前でもないのだが」といっていた。「そんなものかな」、でも小学生としてはいささか行き過ぎた名前であると思った。中には喜三郎様・殿などと丁寧にも手紙やハガキに書かれていることもあった。

最も困るのは何かの賞状や修了証書に喜三郎と書かれていることである。それでは本人が受賞したのか修了したのかまったく分からなくなる。少年時代は賞状などめったにお目にかかることはなかったので、余り問題はなかったが、それにしても名前を間違えられるということは気分の良いことではない。だが、今では今日的な流行にはない誰がみても男と認められた名前であるので、まあいいかと思うようになった。少年の頃は熊田くん、熊田さんのほか、きさお、きさおちゃん、きさおくん、きそうちゃん、きそうくん、熊ちゃん、熊くん、熊さんなどと呼ばれていた。全体的にみれば熊ちゃんの呼称が比較的多かったことを考え、当り障りのないところで、ここでは通称、熊ちゃんとしておくことにする。

家庭や家族のことだが、広島市の大州の熊ちゃんの生家には、両親と妹の順子、父の弟の新太郎おじさん、英二おじさん、父の妹の道子おばさんの大家族で住んでいた。もう一人父の妹の政子おばさんがいたが、熊ちゃんが生まれる前頃に他家へ嫁に行っていた。実父良一は会社員であったが、軍の召集令状である赤紙がきて軍人として宇品港（広島の軍港）から戦地に赴いた。宇品港は日清・日露戦争における補給地として発展し、鉄道は広島駅から兵隊の輸送のため宇品まで敷設された。戦後は愛媛県の松山などへの航路の発着港となっている（同上書、一二七ページ）。

実父良一との唯一の思い出は、政子おばさんが他家へ嫁いでいた広島県豊田郡大崎下島（現・呉市豊町）の久比へ行き、海水浴場か何かで遊んだことである。大崎下島の久比の政子おばさんのところへ行くには、広島市の南側に位置する宇品港から島巡り連絡船にまず乗ることである。宇品港を出港するとすぐ南側に江田島がみえ、その江田島には海軍兵学校があった。その海軍兵学校（現・江田島市江田島町）は海軍兵科将校の養成機関で、明治二十一（一八八八）年に東京築地から江田島に移転され、以後終戦まで海兵の江田島、陸士の市ヶ谷と併称されたように青少年達の憧れの的であった。戦後一〇年間、連合国軍最高司令部総司令部（General Head Quarters：GHQ）が使用した後、海上自衛隊第一術科学校となり、海上自衛隊幹部候補生学校・同少年術科学校が開設され、海上自衛隊の教育機関となっている。現在、見学の中心は幹部候補生学校庁舎の裏手に立つ参考館で、ここには元帥東郷平八郎の遺髪をはじめ、旧海軍関係者ゆかりの貴重品が展示されている（広島県の歴史散歩編集委員会編『広島県の歴史散歩』山川出版社、二〇〇九年、六七〜六八ページ）。江田島の旧海軍兵学校は世界三大兵学校の一つと称されている（ブルーガイド編集部編『倉敷・広島・西瀬戸内海』実業之日本社、二〇一〇年、九二ページ）。

そして、江田島を右にみながら、連絡船は呉の軍港を通過するのだが、その呉は明治四十（一九〇七）年建設の呉鎮守府庁舎（現・海上自衛隊呉地方総監部第一庁舎）があり、また戦艦大和が建造され進水した船舶渠跡、大屋根も残っている。一帯が旧海軍工廠跡で、当時は東洋一の巨大工場群であった。今日、大和ミュージアム（呉市海軍歴史科学館）を開設し、観光客誘致の目玉としての人気スポットとなっている。そこには、単に軍国主義の一言ではすまされない、戦後復興の礎となった造船、鉄鋼などの科学技術がはぐくまれており、海軍で栄えた呉の歴史や造船技術をみることができる（前掲書『広島県の歴史散歩』六十ページ）。

なお、呉は世界でも有数な軍港として発展してきた港町である。また、大和ミュージアムに隣接する海上自衛隊の史料館（てつのくじら館）は、隊員教育を目的とする施設であるが、海上自衛隊の歴史を一般に公開、紹介している（前掲書『倉敷・広島・西瀬戸内海』九二〜九三ページ）。

連絡船で呉軍港を通過する時、「窓に付けてある黒い布の幕を引いて下さい」との放送があったので、幕を引いて外部がみえないようにした。それは、軍事施設を一般の乗船客にみせないようにするためであるが、熊ちゃんは外がみたくて仕方なかった。少し隙間が開いている所があったので、その間から覗いてみた。そこにみえたのは、造船所内に設置された造船台であり、そこにも外側が遮蔽物か何かで隠されていた。実父良一はそんな熊ちゃんに「幕の隙間から覗き見などするでない」といって注意した。それから間もなくして、音戸の瀬戸を通った。

音戸の瀬戸は呉市警固屋と対岸の倉橋島（現・呉市音戸町）の間にある幅九〇メートルの狭い海峡で、昔より瀬戸内海航路の要であった。海峡が狭い上に潮流が速く、逆流の時は潮待ちするしかなかった。江戸時代に寄港地としての瀬戸町（現・呉市音戸町）が造られた。音戸の瀬戸は平清盛が厳島神社に参詣する航路にするために切り開いたという説は地形学上否定されている（前掲書『広島県の歴史散歩』六七ページ）。

しかし、音戸の瀬戸は平安時代、干潮時に陸続きになるほどの浅瀬で、これを清盛が切り開いて中国・南宋との日栄交易で巨万の富を獲得したという説は一応うなずけられよう。その上、難工事の完成間際、清盛が沈まんとする太陽に向かって、金の扇子をかざして、日輪に対して手招きして「返せ」、「返せ」と叫ぶと日が再び昇ったという「平清盛日招像」が立つなど、カリスマ伝説が山盛りである（『中日新聞』〈朝刊〉二〇一二年一月六日）。そして、倉橋島に続いて下蒲刈島、上蒲刈島、豊島を通って大崎下島の久比（現・呉市豊町）という村落に到った。

話は変わるが、大崎下島の目と鼻の先にある向いの島が大崎上島で、ほぼ一〇年後に熊ちゃんが大崎上島の豊田郡東野村（現・大崎上島町）にある全寮制（男子）の国立広島商船高等学校（現・国立広島商船高等専門学校）に合格・入学し、船乗りを目指そうとは想像だにしなかったことである（しかし、当校を卒業することなく、船乗りにはならなかった）。学校では、高田郡吉田町（現・安芸高田市）出身の田丸博治先輩（大阪市立大学卒、終生の友となる）と出会うことになり、しかも中寮・北寮と二回も同室となった。大崎上島には大望月邸があり、その邸には足利浄園や流浪の俳人種田山頭火など歴史的人物たちの資料作品が多く展示してある。また望月公園を含む周辺には、沢山の史跡がみられる（広島県観光連盟編『広島さんぽ』広島県観光連盟、二〇一〇年、春三～五月、一二三ページ）。

第二節 実父との旅、実母の追憶と死

このようにして、久比の政子おばさんの所へは、実父と共に宇品港からは比較的大きな連絡船で行くのだが、久比の港は大きな船が横づけできるだけの岸壁がない。そこで、大きな本船と岸壁の間を櫂で漕いで往復する伝馬船による方法で上陸する。伝馬船を浮揚函（ポンツーン）に着け、浮揚函から岸壁に渡してある細長い板橋を歩いて渡り上陸する。だが、海が荒れていて大層に大揺れし、海中に落ちそうになり、とても恐ろしかったものである。政子おばさんの家は農家で港の岸壁からは島の奥に位置し、小高い丘の上にあった。その家からはるか遠くに浮かぶ瀬戸内海の島々の美しい景色を眺めることができた。ミカンといえば広島ミカンの発祥地は大崎下島である。明治時代に大型蒸気船が航行するようになると、中継港として栄えた御手洗港は衰退し、島の経済は柑橘類の生産へと重心が移ってきた。明治三十三（一九〇〇）年

前後、大長村（現・呉市豊町）村長らが大分県津久見地方から早生温州ミカンを導入した。

さらに明治時代末～大正時代初になると大長・久友（現・呉市）、西村ともミカン生産が爆発的に伸び、温州ミカンだけでなく、ネーブル、レモンなども栽培されることになり、大正時代後半の不況時代でも柑橘類は大へんな売れ行きであった。また、ミカン缶詰の発祥も大長であり、その缶詰の売り上げは島の人々に雇用の機会を提供したが、大戦中は軍需に制約され、戦後まもなく工場の整理に追い込まれた。戦後もしばらくはミカンは島を潤したが、高度経済成長期以降は過剰生産と価格低迷、さらに外国産オレンジの輸入自由化などで苦境に陥った（前掲書『広島県の歴史散歩』七三ページ）。なお、現在では「とびしま海道」と呼称され、広島や呉から安芸灘大橋で下蒲刈島、蒲刈大橋で上蒲刈島、豊島大島で豊島・斎島、豊浜大橋で御手洗のある大崎下島へと橋で結ばれている。昔栄えた中継港としての御手洗のことだが、御手洗の名の由来は一説によると、菅原道真が太宰府に流される途中立ち寄った際、所持していた杓子で掘ったら清水が湧きでて、それで手を洗ったとある。

御手洗の繁栄のきっかけは、米を積んだ北前船をはじめ、四国、九州の諸大名の参勤交代の船団や長崎奉行の往来、オランダや琉球使節のお江戸上りなど、船の立ち寄る港地となったことである。同時に食料品や薪など燃料の中継貿易港として発展し、商人や船人で賑ったし、吉田松蔭や坂本龍馬など名だたる人物も多くこの地に立ち寄っている。中でも茶屋ができた一八世紀前半から中期、瀬戸内海航路が全盛時代辺りから遊廓の町として知られるようになった。江戸時代の吉原や京都の島原のように高い格式と教養を備えた花魁もいた。沖に停泊する船に小舟（おちょろ舟）を漕ぎ寄せ、船乗りの身の廻りの面倒をみるおちょろも現れた。だが、いずれも身売りされてきたことには変わりない人々であった（前掲書『倉敷・広島、西瀬戸内海』、一〇四〜一一二ページ）。大崎下島の政子おばさんの所には、熊ちゃんより一〜二歳位下の哲ちゃんという男子がいた。熊ちゃんは手に負えないいたずらっ子で、ある時、哲ちゃんの足を噛み付いて怪我をさせたこともあり、良一父さんにひどく叱られたとのことである。哲ちゃんの父親は師範学校を終え教職についたが、出征して戦地へ行き南方で戦死された。

その他、良一父さんの記憶といえば、広島市内の旅館にナオコ母さんと一緒に面会に行き、その際に軍用に配給された若干の缶詰を貰ったことである。軍隊での任務は軍馬の世話係のような仕事をしていて、馬とは仲良くやっているということを面白、可笑しく話していたのが印象的であった。その後、良一父さんは昭和十七（一九四二）年、満州（現・中国）で戦死した。それ以来、ナオコ母さんと子どもたちは少し離れた別部屋のような場所で、おじさんやおばさん達と同じ屋根の下で生活していた。ナオコ母さんの記憶といえば良一父さんの戦死後、別人のように無口となり、長屋町の大きな観世音菩薩があった寺に子どもたちを連れて、毎日のように参拝したことである。寺院へは親子三人で歩いて行くのであるが、途中に湿地が広がっており、その湿地の隅の方に赤い鉄錆のようなものが沢山浮いていた。これは、きっと昔の武士の刃や槍の赤錆で、ここは古戦場だったのではと戦国武士の死を想像し、大へん恐怖感を抱いたものであった。妹との出来事といえば、熊ちゃんと妹と魚取りに行ったが、妹が蓮池に落ちたので幼心にも無我夢中で救助したことである。手際が悪ければ二人とも溺れ死ぬところであった。

ところで、良一父さんが戦死したとの通知があった後、しばらくして遺骨だといって四角形の白木が送られてきた。だが、中には何も入っておらず、それを見遣ったナオコ母さんは悲愴な面持ちであった。ナオコ母さんにしてみれば、白木箱が来るまでは誤報であってほしいとのかすかな期待を抱いていたが、その切なる思いは完全に消えた。葬儀も大層簡単なもので、熊ちゃんが軽い白木箱を首にかけて歩き、京橋川に懸る比治山橋を渡ったすぐの所にある菩提寺である曹洞宗の寺に納骨しただけであった。曹洞宗の開祖は道元で、子弟の教育と在家者への布教に努めた。道元の思想は釈尊を理想とし、出家主義を標榜しつつ、寸暇を惜しんでただひたすらに坐禅をして悟りを開けという教えで、不完全な悟りでも少しでも悟りを開いたものは救われるという考えであった。当時、女性の出家、受戒を排除していた時代に道元が女性の出家・受戒を認めていたことは注目すべきであった（松尾剛次『「お坊さん」の日本史』日本放送出版協会、二〇〇二年、一〇一～一〇四ページ）。

空鞘稲生神社

　この菩提寺の和尚さんは道元に大へん帰依されていて、和尚さんの話には説得力があったとのことである。ナオコ母さんもひたすら仏にすがり悟りを開こうとしていたが、良一父さんの納骨が終わった昭和十七（一九四二）年、同じ年に直接的な死因は判明しないが、的場町の小さな病院で息を引き取った。死の直前にナオコ母さんは、しきりと熊ちゃんの名前を呼んでおり、お別れの言葉「お母さん」と言うように親類の人たちや近所の人達に促されたが、大勢の人々の中では恥しくて言えなかった。ついで、ナオコ母さんは姉の小野チヨノさんに、子どもたちを「頼む、頼む、姉さんお願いします」と何度も繰り返していた。姉の小野チヨノは、他家から菊蔵という人を婿に迎えて小野家を継いでいた。小野家は市内では中心的位置にあったが、町内には小さな公園や樹木の繁る空鞘神社（空鞘稲生神社）などあり、割りと落ち着いた静かな町であった。

小野チヨノと菊蔵さんの間には二人の男子がいたが、一人は幼い頃に川で溺れて亡くなっていた。もう一人は和之という名前で中学校（現・高等学校）へ通学していたが、昭和十七（一九四二）年の十一月に死亡している。しかし、熊ちゃんが引き取られた折には和之兄さんは病床にあり、自宅療養されていた。熊ちゃんは小野家に引き取られた時から小野おばさんでなく、チヨノ母さんと呼称した。熊ちゃんはチヨノ母さんに頼まれて昼食時になると決まったように豚カツを買いに行った。豚カツ屋は同じ町内にあり、その豚カツ屋へは表門から入るのではなく、何時も勝手口から入って買っていた。戦争中にもかかわらず、豚カツを売っている店が町中（まちなか）にあるのが不思議で、美味そうな豚カツの臭いを嗅ぐだけでも幸せな気持ちになった。熊ちゃんが町中で食べられるものといえば、小麦粉の団子を入れ若干の野菜の入った汁物である水団（すいとん）かお粥か雑炊（おじや）か何か分からない食べ物で、それを食堂で食べるのに制限時間があった。

それは、次に食べるお客が食堂の表門で今や遅しと並んで待っているからである。子どもが制限時間内に熱い雑炊などを完全に食べ切るのは至難の業であった。とくに、熊ちゃんは猫舌で熱いものは苦手であったし、フーフーと吹いている間に時間がくれば、「はいそこまで」ということで、早々に裏門から追い出されるのである。滅多にない機会を熱くて食べ切れず残すことになり、身を切られる思いで食堂を後にするのである。どういうわけかこんな時に限って、お使いで買いに行っているあの豚カツを腹一杯、食べられたらどんなに嬉しいだろうと思った。だが、豚カツは熊ちゃんみたいな元気な子が食べる物ではない。重病人が栄養を付けるための食べ物であると嫌になるほどチヨノ母さんから聞かされていた。このような手厚い看護対策にもかかわらず、和之兄さんは結核という病気で亡くなった。結核という病気は結核菌の感染によって起こる病気であるが、全身の色々な臓器の結核が存在するので、結核という病気として簡単に理解できない。それ故、結核に対する有効な薬はなく、感染して数か月で死に至るものから自然治癒するものまで様々である（青木正和『結核の歴史』講談社、二〇〇三年、一七ページ）。

とに角、昭和十七（一九四二）年という年は良一父さん、ナオコ母さん、和之兄さんが亡くなるといった大へんな年であった。チヨノ母さんに熊ちゃんと妹が引き取られるが、妹と一緒に遊んだことはほとんどなく、チヨノ母さんに熊ちゃんがひどく叱られた折、妹が貰い泣きしていた位の記憶しかない。熊ちゃんがチヨノ母さんに引き取られた時には、菊蔵おじさんは亡くなっていた。小野家には印刷機や針加工機のような機械が裏の倉庫にあったので、菊蔵おじさんは職人というか小経営者で、幾らかの財産を所有していたのではないかと推測できる。チヨノ母さんは少しの期間であったが、近くのキリスト教系の幼稚園に入れてくれた。幼稚園生活は遊び中心で楽しかったが、型にはめられた遊戯は得意ではなかった。

第Ⅱ部

2章 第二次世界大戦中に本川国民学校へ

第一節 開戦と国民学校へ入学

昭和十六（一九四一）年十二月八日、日本海軍はハワイ真珠湾の米艦隊に奇襲攻撃をすると、同時に陸軍は英領マレー半島に奇襲上陸し、タイを制圧した。ここに第二次世界大戦・太平洋戦争が始まり、日本国内では大東亜戦争と呼称していた（前掲書『昭和史の地図』二二ページ）。ハワイ真珠湾攻撃では、十二月八日午前一時、視界は良好であったが波のうねりはかなりあり、航空母艦の揺れはかなり大きかった。だが、機動部隊の主力をなす赤城、加賀、蒼龍、飛龍、瑞鶴、翔鶴などの航空母艦は、甲板上に並んだ戦闘機、爆撃機、攻撃機の発艦を開始した。全軍突撃せよの命令で、これらの飛行隊が無警戒の米海軍に圧倒的な力で攻撃し、「ワレ奇襲ニ成功ス」と送信した（黒羽清隆『太平洋戦争の歴史』講談社、二〇〇四年、六四〜六六ページ）。昭和十六（一九四一）年三月、国民学校令が公布されて、明治以来広く市民に親しまれた小学校の名称が、国民学校に改められた（横須賀薫監修『図説　教育の歴史』河出書房新社、二〇〇八年、七〇ページ）。

国民学校は、国民の基礎的練成の場であるとされ、その教育は皇国の道に帰一されることが最も重視された。国史（日本史）教科書には、神勅が掲げられるようになり、また修身教科書には教育勅語が記載され、子供たちはこれらの両方を暗記させられたのである。神勅とは天孫降臨の際、天照大神がニニギノミコトに授けたとされる言葉である。その言葉は豊葦原の瑞穂の国が日本国子孫が治めるべき国で、皇位は天地と共に果てることなく続くものであるとの、いわば宣言である（戦争と子どもたち編『戦争と子どもたち』〔一〕日本図書センター、一九九四年、viページ）。昭和十六年六月の独・ソ連戦の開始と十二月の日米戦争の開始とで、戦争は日、独、伊などを枢軸とする国と米、英、仏、ソ連などが連合する国で行なわれた。文字通り全世界を巻き込む世界的規模、つまり第二次世界大戦となったのである（井上清『日本の歴史（下）』岩波書店、一九九六年、二〇三〜二〇四ページ）。

昭和十七（一九四二）年のミッドウェー海戦では、米機動隊と基地航空隊による反撃で、日本海軍は航空母艦四隻と熟練した搭乗員の大半を喪失した。ミッドウェー海戦の敗北は、この戦争の全戦局に重大な転換をもたらした。さらに、米軍はソロモン群島のガダルカナル島に上陸した。ここで、日本軍は戦艦二隻、軍艦三八隻、輸送船の大半と多くの航空機を喪失し、二個師団の大半が戦死や病死、また多数の餓死者をだした。ついに昭和十八（一九四三）年、日本軍はガダルカナル島から退却した。その年、山本五十六連合艦隊司令長官が南太平洋で戦死し、北方でもアッツ島の守備隊が玉砕するなどした（加藤文三他『日本歴史（下）改訂版』新日本出版社、一九八五年、一〇一ページ）。このような中、昭和十八（一九四三）年四月、熊ちゃんは広島市立本川国民学校（小学校）に入学した。熊ちゃんの生まれは、昭和十一（一九三六）年五月六日なので、四月に入学した時は六歳であったが、一か月ちょっとで七歳になる。

そこで、たとえば、昭和十二（一九三七）年三月末誕生の早生まれの児童に比べると一一か月も年配ということになる。それ故、早生まれの児童に比べると、熊ちゃんの元気度などの環境は非常に恵まれていた。だが、その元気度は勉強以外の方向に傾いており、学校の勉強の方向には傾いていなかった。学校で課される宿題なども大してせず、チヨノ母さんに叱られるばかりであった。熊ちゃんを何んとか勉強のできる子どもにしたいと思い、チヨノ母さんは宿題などの手助けをした。何故かチヨノ母さんが宿題の手助けをする頃になると和之兄さんが生前飼育していた伝書鳩が、鳩舎のある屋根から下の外縁側に降りてきて、そして、熊ちゃんの足などくちばしで突いた。それが気になって宿題どころでなくなり、つい「痛い、痛い」と声を発すると、「何をいっているのだ、勉強に集中すれば痛さなど忘れる」といって我慢させられた。何しろ、鳩はチヨノ母さんにとっては、和之兄さんの残してくれた貴重な形見であった。

ある時、熊ちゃんは学校で児童の集会か何かで独唱したことがあった。それを聞かれた担任の先生が、「熊ちゃんは歌が上手いね」、「もう一度、教室で歌ってみてくれ」といわれた。そうだね、「他に変わった歌を歌って」と頼まれ、熊ちゃんは調子に乗って「ラバウル小唄」を歌い、担任の先生やクラスのみんなから大笑いされた。「ラバウル小唄」の歌詞は、次のようなものであった。一、さらばラバウルよ　また来るまでは　しばし別れの　涙がにじむ　恋しなつかし　あの島みれば　椰子の葉かげに　十字星　二、波のしぶきで　眠れぬ夜は　語りあかそよ　デッキの上で　星がまたたく　あの星みれば　くわえ煙草も　ほろにがい（梧桐書院編集部編『歌のなんでも百科』梧桐書院、一九八〇年、一九〇ページ）。

熊ちゃんはチヨノ母さんに、今日は教室で歌を歌ったことを報告した。どんな歌を歌ったのかと聞かれたので、「ラバウル小唄」を歌ったと正直にいった。「あの歌は町内会の宴会の席か何かの時、大人が歌う歌ではないか、何という子どもか」といってひどく怒られ、もっと真面目な行動をするようにと注意された。チヨノ母さんは男まさりで、町内会の副会長をされており、町内の人々も一目も二目も置いていた。このような優れた女性であることを人々に認められていたので、熊ちゃんのだらしなさが目に余ったのであった。チヨノ母さんは、熊ちゃんがクラスの級長かせめて委員でもなれる位の人間になるよう頑張れと励ました。級長になれば自転車でも買ってやるといわれていたが、それでも勉強する気配はなく遊びが優先の行動であった。またある時、担任の先生が、「こんないい天気にはみんなと青空の下、山や野原に遠足に行けば気持ちがいいだろうな、明日は遠足だといえばみんなも嬉しいだろう」と譬え話されたのをよく理解せず、てっきり明日は遠足だと勝手に解釈した。

熊ちゃんは帰宅するなり、「明日は遠足なので、おむすび弁当を作って下さい」と頼んだ。チヨノ母さんは「分かった」といって弁当を作ってくれたので、翌日、遠足できる格好で学校へ行った。だが、遠足のできる格好で登校している児童は見当らなかった。よくよくみると仲間が二〜三人、同様な格好で来ていたので少し安心した。担任の先生もあきれ顔で、「明日は遠足だと喜ぶだろう」といったが、「明日は遠足があるとはいわなかったぞ」と説明された。「熊ちゃんは何という格好だ」といわれ、熊ちゃんは大いに恥をかき、クラスの仲間に笑われた。担任の先生は「隣の児童に教科書をみせてもらえ」といわれた。だが、熊ちゃんにとって幸運なことに、その日に限って敵機が襲来し、警戒警報が頻繁に鳴り、殆んど授業にならなかった。つまり、机の下に潜ったり、机の上に顔をだしたりで、また、教科書をだしたり仕舞ったりで大へん忙しい日であった。

さらに、空襲の時などに落下物から頭を守るため、綿入れの防空頭布をださせ、防空頭布の点検をよくやられた。担任の先生は、げんこつで頭布の上から叩いてみて、あまり薄い頭布だと「こんな頭布は役に立たんど」と大声で怒鳴られた。その上、連日のように出征兵士を見送りするのが児童の日課だったが、そんな日に限って廊下に立たされることが多かったものである。廊下に立たされるのは、熊ちゃん単独というより、二～三人の仲間と一緒のことが多かったので心強かった。それは、自分だけでなく他にもいるという仲間意識と安堵感である。時には、仲間と学校の廊下を抜けだし、出征兵士を見送り、見計って急いで学校に戻り、何食わぬ顔で再び廊下に立ったこともあった。廊下に立たされる回数が多いということは、本人は普通だと思っている行動でも、学校の先生など世間一般からすれば異常で限度を超えた手に負えない子どもに写ったのであろう。

出征兵士といえば、背が高くりりしい顔付きの若い男性の大竹先生が出征されたことである。大竹先生は「この戦争は勝ち抜かねばならない」と述べられて、志願兵として入隊し、戦場に向かわれた。その先生の前途を祝した壮行会が学校の校庭であり、校長先生は「こんな立派な先生がおられる限り、日本は戦争に負けることはないし、学校の誇りである」というような話をされた。「諸君も大竹先生に続くように」などと訓示され、児童らは日の丸の小旗を振りながら「出征兵士を送る歌」を歌いながら送った。その「出征兵士を送る歌」の歌詞は、次のようなものであった。一、わが大君の　召されたる　生命栄ある　朝ぼらけ　たたえて送る　一億の　歓呼は高く　天を衝く　いざ征けつわもの　日本男児　二、華と咲く身の　感動を　戒衣の胸に引き緊めて　正義の軍　行くところ　たれか阻まん　その歩武を　いざ征けつわもの

日本男児　三、かがやく御旗　先立てて　越ける勝利の　幾山河　無敵日本の　武勲を　世界に示す　ときぞ今　いざ征けつわもの　日本男児（同上書『歌のなんでも百科』一八五ページ）。

しばらくして、大竹先生は戦陣（戦場）に散られたとの報告があり、どうして戦死されたのか、何ともいえない淋しく虚しい気持ちになった。そして、校長先生は全児童を校庭に集め、児童たちを前に総じて死には二種類あり、一には自殺死、二には最上死がある。自殺死は世を嫌って自らの命を絶つことで、次生には仮に人に生まれても最下等となり、愚鈍で困苦に沈み生甲斐を感じることはない。最上死は忠君愛国のために死ぬことで、道義に服し君国に殉じる故に、次生は人生最上善の幸せを得て、人々の尊敬を受け、国家に扶養されるのである（広島県地方課編『士魂』広島県地方課、一九四三年、一〇八ページ）というような話を噛み砕いてされた。だが、児童には理解は今一つであったが、子どもたちは早く大人になって国のために手柄を立てたいと思ったのは確かである。

第二節　爆撃機と金物の収集

その後、こんなことがあった。B29重爆撃機が日本の上空で撃ち落され、本川国民学校の校庭や講堂で市民に一般公開された。B29重爆撃機の機体の中には生活用品が乗せてあり、魚釣りの道具なども積み込まれ、女性隊員も乗れるように女性の用品も取り揃えてあった。米軍機には女性戦闘員も乗組員として参加していることを知り、米国という国は何という国か、女性もＢ29重爆撃機に搭乗していることは大へんな衝撃であった。Ｂ29重爆撃機は戦略拠点を攻撃する爆撃機であり、その戦略とは戦闘遂行への諸施策の総合的・長期的な組合せで、戦場において優位性を確保するためのものである。最終目的はいうまでもなく戦争に勝利することで、それには最初に、戦争遂行のための方針である国家戦略を決める。ついで、国家目的（戦略）を達成するための軍事手段を用いる戦闘に関わる軍事戦略を行なう。さらには、その目的を達成するための具体的な戦術（目標）により構築される（Ｂ・Ｇ・ジェームズ著、榊原清則他訳『ビジネス・ウォーゲーム』東京書籍、一九八五年、二三〜二五ページ）。

かくて、Ｂ29重爆撃機による空爆の目的は市街地に集中している工業的な諸目標を破壊することであった。米国は日本の一般市民を無差別に爆撃して人を殺したのではない。日本の軍需工業を破壊していたのである。それは、日本の都市の家屋はすべて軍需工業だったので、市街地の攻撃に的を絞ったのであり、さらに徹底した戦略爆撃によって、一般市民の大量虐殺で戦意を喪失させることも目的であった（戦争と子どもたち編『戦争と子どもたち』〔四〕、日本図書センター、一九九四年、七〜八ページ）。今日ではＢ29重（戦略）爆撃機は進化し、Ｂ52戦略爆撃機となり、レーザー誘導爆弾を搭載するなど攻撃力は飛躍的に向上している（『中日新聞』〈朝刊〉、二〇一二年五月二十八日)。前述したB29重(戦略)爆撃機は、日本軍の常識を遙かに超える強力な爆撃機であった。全長:三〇・一八メートル、全幅:四三・〇五メートル、最大速度:時速五八七キロメートル、実用上昇限度:一万一〇五〇メートル、武装:一二・七ミリ機関銃、一〇・二三ミリ、機関砲一、爆弾搭載量:約九トン、乗員:一〇名、航続距離:九八三〇キロメートル。

さらに、高度が上るほど空気は薄くなるので、それを解消するためのターボチャージにより超高度の飛行を実現した。ターボチャージを持たぬ日本軍機は高度一万メートルは困難であった。

日本軍機の乗員には酸素マスクが欠かせなかったが、B29重爆撃機では気密室内にいれば酸素マスクは必要なく、日本軍機など全く問題にしなかった。中国の成都を飛び立ったB29重爆撃機は北九州の八幡製鉄所、佐世保の海軍工廠などを戦略爆撃した(文浦史朗『太平洋戦争』ナツメ社、二〇〇四年、二三六〜二三七ページ)。一段と戦時色が高まり、日本は金属(金物)が不足しているとみえ、家庭にある鍋や釜に到るまで、すべての金属製品が収集され、本川国民学校(小学校)の校庭に山ほど集められた。熊ちゃんもチヨノ母さんの指示を受けて多くの金属を学校の校庭まで運んだ。チヨノ母さんところには、機械の部品など沢山あったので、それらの中で運べられるものを荷車に積んで持ち込んだ。本川地区には寺町という文字通り多くの寺があり、寺の象徴である鐘も強制的に寄付・没収された。現実問題として、金属(軽金属)不足を補う

本川小学校

ため機体の一部を木材で代替した木製飛行機が出現した。翼や胴体・尾部またはプロペラに木材を使用したものが工場で量産された。その多くが特攻機に使用され、特攻専用機「剣」は有名である（講談社総合編集部編『週刊日録二〇世紀（一九四五）』講談社、四二ページ）。

収集された金属製品の中には、子どもが持って遊べば楽しくなるような汽車、電車、自動車、飛行機、戦車、軍艦、船舶などの頑具も多く寄せられ学校の校庭は正に収集（寄付）場となっていた。収集（寄付）といえば、教科書の寄付の件で非常に苦い思い出がある。まず、教科書に関してみれば、明治五（一八七二）年の学制が発布された当時、小学校の教科書は文部省（現・文部科学省）で編集された。一部を除外し殆んどは民間で出版した欧米文化の翻訳書が中心であった。だが、往来物という寺子屋などで使用した読み物も教科書として使用していた。文部省は教育近代化のため、師範学校では下等小学校

（修業年間四年）用の教科書も編集させ、積極的に教科書を全国の学校へ普及させていった。明治十四（一八八一）年に府県で使用する教科書は文部省への届出制となり、明治十六（一八八三）年には文部省の認可がなければ使用できなくなった。このような変革、変更を経過して、明治三十七（一九〇四）年、小学校で使用する教科書は国定となり、以後も続いたのである（前掲書『図説　教育の歴史』一二ページ）。

それ故、戦時中の国民学校（小学校）の教科書は、国が著作した国定で教科書は内容その他、全く変わらなかったので、先輩が使用した教科書は後輩も使用できたのである。つまり、兄弟姉妹の多い家庭は効率良く合理的に、兄姉が使った教科書を弟妹が順番に譲り受けて使用することが可能であった。だから、熊ちゃんの教科書は四歳も歳が離れている妹にも使用できるのである。ある日、担任の先生が「熊ちゃんの教科書はとてもきれいに使用しているので、学校に寄付して下さい」といわれ、学校に寄付できることはとても名誉なことだと判断して、「喜んで寄付します」といって担任の先生と約束した。そのことを家に帰って、チヨノ母さんに話したら烈火の如く叱られ、「うちには妹がおり、学校に入る年齢になれば、教科書が必要となる。その時期まで保存しておけば有効に利用できる。何ということをした」と怒鳴られた。

熊ちゃんは「担任の先生と約束したことだし、妹は幼いのではないですか」といい返した。「理屈をいうな、すぐ大きくなって学校に入るようになる。そんなことが分からんのか」といって叱られた。チヨノ母さんに叱られ叩かれる回数が増えるにつれて、だんだん夜尿症がひどくなり、布団をしばしば濡らした。その都度、家の外廊下で寝かされ、畳のある座敷で寝かされることはほとんどなくなった。当時、一般にどこの家でも内風呂のある自宅は珍しく、大方の家では公衆浴場（銭湯）に入るのだが、熊ちゃんはチヨノ母さんに銭湯（女湯）に連れて行かれた。「もう女湯に入るのはいやだ」といったら、チヨノ母さんは「小学三年まで許可されており、お前は小学二年ではないか文句をいうな」といわれた。そして、銭湯では体が汚いと称して、身体をごしごしと洗われた。何時となく体に傷ができ、それが乾いてかさぶたとなり、ようやく傷が治りかけたところをまた、汚いといってごしごし洗われ、次第に傷の跡として残って行った。

第三節　家出と広がる遊び場所

熊ちゃんは、あまりにも厳しい取り扱いに耐えかねて、もうこんな家には住みたくないと判断して、家出することにした。チヨノ母さんはどうにかして立派な大人にするために心を鬼にして教育した積もりであったが、熊ちゃんは耐えがたい虐待として捉えていた。帰らない積もりで密かに家出を考えたが、さて何処へ逃げるか、思い付いた所が大州町の熊ちゃんが生れた実家であった。ひとまず、そこへ行ってみることにし、朝早く空鞘町のチヨノ母さんの家をでた。相生橋を渡り、紙屋町の福屋百貨店の前を通り、立町、胡町、稲荷町、金屋町、的場町、そして大正橋を渡って蟹屋町を経由して大州町へ行った。大州町といえば、熊ちゃんが両親と暮らした場所で、その実家には熊ちゃんの両親が亡くなってからチヨノ母さんとは犬猿の仲で絶縁状態となっている新太郎おじさん、英二おじさん、道子おばさんが住んでいた。

訪ねてきた熊ちゃんをみて、おじさんたちは「どうしたのか家出してきたのか」と尋ねられたので、「はい、そうです」、「いろいろなことがあったんだね」、「でも、チヨノ母さんのいうことをよく聞いて、良い子にならなければいけないよ」と諭された。「腹が減っているだろう、とに角食事をしなさい」といって、カボチャの煮たのと大根飯をだして貰い、カボチャの味は格別に美味しかった。チヨノ母さんは朝からいなくなった熊ちゃんを近所の人たちで探してみたが見付からず、やっとのことで大州町の実家にいることが判明し、チヨノ母さんに連れ戻された。実母であるナオコ母さんが亡くなってからというものは、完全におじさん、おばさんの住んでいる熊田家とは、関係が断たれていた間柄だったこともあり、熊ちゃんが大州の熊田家を頼ったことに激怒された。後日、判明したことだが、熊ちゃんを探すのに警察に捜索願いがでており、警察も懸命に探したそうである。

熊ちゃんは、そんなこととは思いも寄らないことで、とに角、チヨノ母さんから離れたかった。とはいえ、よくも七歳位の児童が家出といった大胆な行動にでたものだと噂された。途中で万が一空襲にでも遭遇し、米軍のグラマン戦闘機により襲撃される事態になれば、どうする気だったのかとみんな呆れかえっていた。このような出来事をきっかけに、熊ちゃんは遊びの範囲も家の近所ではなく、できる限り家から遠い場所で遊ぶようになった。一人で遊ぶ時は、天満川や太田川、元安川で魚取りしたし、とくにエビを取るのが得意でエビは小網のたもを使ったり、長い柄先に数本の鋭い針を付けたやすで、岩蔭に隠れているエビをおびき寄せて取った。ある時、川中が島状を形成している中州で仲間と遊んでいたら、潮が満ちてきて岸へ戻れなくなった。

そこで、衣服を脱いで頭の上に衣服を乗せて歩き、ようやく岸に辿り着いたこともあった。広島市内の川は海と直接繋っており、干潮と満潮の差が大きく、とても恐ろしいものであることを身をもって体験した。さらに、もう一度は、川中の浅瀬で遊んでいて、いざ帰ろうとした折、急に潮が満ちてきて、爪先立ちをしていても、立っている位置に水が流れ込み、もう爪先立ちの場所がなくなった。水位は首の所までやってきて、溺れかけて死にそうになった。そこに、若くて頑健な青年が熊ちゃんの所まで泳いで近づいてきて、救助されたこともあった。また、遊びの区域はどんどん拡大して、横川方面や己斐方面まで広げ、己斐の山々でよく遊んだものである。その遊び場所にはキリストの十字架のようなものがみえる学校が野原の中に立っていた。少し離れた所には大きな川があり、その川原で楽しい時間を過ごしたが、川原の上には汽車の通る鉄橋があった。

その鉄橋の上を汽車が通過する折に、雨のようなものを降らすので、それが不思議だと感じながら、列車が通る度に鉄橋の真下に行き、雨のようなものを浴びたものだった。後日、先輩（上級生）が「お前たちは馬鹿か、あれは汽車の客車から捨てられる汚物じゃ」といったので、何という遊びをしていたのか呆れて開いた口が塞がらなかった。その他、基町には国家のために殉難した人の霊を祭った樹々に囲まれた護国神社があった。その境内は児童たちの格好の遊び場で、戦争ごっこなどして時間を費やした。その付近には兵士を訓練する練兵場があった。また、護国神社の境内では相撲興行がやってきて、相撲小屋が立ち、みに行ったことがあった。というのも、戦時中に第二次世界大戦（太平洋戦争）で戦死した軍人遺児たちは忠霊の子と呼称された。その遺児たちに対して、東京の靖国神社への団体参拝は年中行事として行なわれた。そして、東京見物付きで皇后陛下から沢山の土産を貰って帰るというのが毎年実施された（前掲書『戦争と子どもたち』〔四〕五ページ）。

しかし、昭和二十（一九四五）年三月頃、戦局が激しくなり、東京行きが中止となった。靖国神社参拝の代替として、広島での大相撲見学となったのである。熊ちゃんたちも招待されることになり大相撲を見学したが、とくに横綱照国の土俵入りには大いに興奮した。それ以降、護国神社のある広島城の付近、さらには縮景園まで遊びの場を広げた。広島城の築城は毛利輝元により天正十七（一五八九）年に始まり、城地は広島湾に面した地域で、太田川舟運とも結び付いた交通の要であった。輝元は関ヶ原の戦いに敗れたため、周防、長門（共に現・山口県）に移され、その後に入城した福島正則が武家諸法度違反で改易になり、ついで元和五（一六一九）年、浅野長晟が入封している。以後、浅野氏によって城下町が整備され、江戸時代を通して南へ干拓が実施された。なお、先にみたように、広島城に師団司令部が設置され、軍都広島の拠点となったが、原爆投下で広島城も大きな被害を被った。戦後、昭和二十八（一九五三）年、広島城跡が史跡指定を受け、昭和三十三（一九五八）年に天守閣が再建され、続いて二の丸御門、平櫓、多聞櫓が復元整備された（前掲書『広島県の歴史散歩』八～九ページ）。

また、広島城は別名、鯉城とも呼称され、現在、広島城内は武家文化を展示・公開する歴史博物館となっており、復元された城跡は緑豊かな城跡公園となっている（前掲書『倉敷・広島・西瀬戸内海』一三四ページ）。縮景園は広島藩主浅野長晟が元和六（一六二〇）年に別邸として築いたもので、古くは泉邸と呼称されていた。作庭は茶人として名高い家老上田宗箇で、後に京都の庭師清水七郎右衛門らを招いて改修し、現在の規模になった。濯纓池に懸る跨虹橋の左右をみれば島や山渓、橋、樹木が上手に配置されており、中国の浙江省の西湖を縮景したという園名の起こりも実感できる。昭和十五（一九四〇）年、浅野家から広島県に寄贈され、国名勝の指定を受けたが、原爆投下時、被害を受け多くの被災者が避難した。戦後、国の補助を受けて県が景観回復に努めたこともあり、多くの人が四季折々に訪れている（前掲書『広島県の歴史散歩』八ページ）。さらには、空鞘神社や広瀬神社の境内や寺町の墓地（墓場）でもよく遊んだものである。

第四節 ☘ 敵機来襲と家財の引越し

日本本土を直接攻撃を行なう米軍は、昭和十九（一九四四）年、マリアナ諸島からサイパン島攻略以後、本格的な空襲に転じた。同島にB29重爆撃機の基地を構築し、東京をはじめ大都市へ猛攻を実施し、やがて全国の六〇都市以上が焦土となった。神戸市は小編隊の来襲まで加えると一二〇回以上、無差別攻撃を加え被害者約二万五〇〇〇人、死者数七〇〇〇人、大阪市は約三〇〇機のB29重爆撃機の空襲を受けて市街地は壊滅、被害者約三万五〇〇〇人、死者数九〇〇〇人、名古屋市は陸軍造兵廠の諸施設が集中する格好の標的となり、市部のみで被害者は一万九〇〇〇人、死者約八〇〇〇人、横浜市は約四七〇機のB29重爆撃機が来襲、市街地は焼失し、被害者一万八〇〇〇人以上、死者約四〇〇〇人をだした。東京は東京大空襲だけで死者七万人～八万人と称され、一三〇回以上の爆撃を受けた。太平洋の制海権、制空権を奪った米軍は、長距離を飛行できるB29重爆撃機のみならず、航空母艦から艦載機攻撃も増発した。東京大空襲以後は爆弾、焼夷弾併用による市街地への無差別攻撃へと転換し、軍備の壊滅、国民の戦意喪失を目的とした。大都市がない沿岸小都市でも米艦隊からの艦砲射撃による死傷者がでた（前掲書『昭和史の地図』二六〜二七ページ）。

このように、米軍の本土空襲は本格化し、全国の都市は次々と焼き払われ、広島県でも呉市は度々空襲を受けたが、広島市は三五万人を擁する人口を持った全国でも有数な大都市で、さらに沢山の軍事施設が集まっているのに、大きな空襲がないのは不思議であった。広島市は京都・奈良市のように米軍の攻撃目標から除外されているのだといううわさが流れたりした。だが、市民は何時、大きな空襲を受けるかと落ち着かない日を暮らしていた（平和学習ヒロシマノート編集委員会編『平和学習ヒロシマノート』平和文化、一九九七年、四ページ）。そして、米軍のロッキードとかグラマンといった艦載機が航空母艦から飛び立って、広島上空に頻繁に飛来するようになった。時には民間の家屋をなぎ払うように射撃する機銃掃射が試されるようなこともあったが、それらの飛行機によって民家が壊されるというようなことはなかった。爆弾を投下させるのは、B29重爆撃機であったが、何故かそれらの爆撃機は昼間に襲来して、一万メートル位の広島上空を悠々と美しい、まるで絵画をみるような飛行雲を引いて飛んでいた。

時々、日本軍も高射砲か何かで射っていたようであったが、上空では花火の打ち上げのようにドン・ドンという音がするだけだった。B29重爆撃機は夜間にも飛来したが、地上が明るいと爆撃の標的にされ易いということで、灯火管制が実施された。灯火管制とは、夜間での敵機の攻撃を避けるため、家の中の灯火が外部に漏れないように電灯などに黒い布を掛けることである。時折、灯火（明かり）が漏れることがあり、その時は町内会の役員や国防婦人会の人達に「電灯の明かりが漏れてます」などと注意を受けた。昼間は連日のようにグラマン戦闘機が民家の屋根すれすれに飛来するようになった。飛来した時は空襲警報が発令され、避難するために防空壕に入ることになっているが、熊ちゃんは物陰に身を潜めて、戦闘機を眺めたりした。飛来するたびに、戦闘機の搭乗員の姿や顔がみえ、何となく笑みを浮かべているようであった。

チヨノ母さんは「何をしとる早く防空壕に入れ」と顔色を変えて怒った。連日、戦闘機の襲来は激しさを増し、多い時は一〇〇機以上の米軍機が激しい勢いで飛来した。時折、米軍機によって民家が小火（ぼや）騒ぎになったと聞いたことがあったが、熊ちゃんの住んでいる街の民家が火事になることはなかった。だが、万が一を考えて町内会が総出で防火訓練をした。さらに、広島市では万全を期して火災の被害を最小にするため、街に集中している民間の建物を取り壊すとか、地方へ分散するなどの建物疎開が開始された。広島市内の建物疎開に動員されたのは、主に国民学校（小学校）高等科（現・中学校一、二年生）の二年生であった（森田俊男監修『広島修学旅行ハンドブック』平和文化、二〇〇五年、二八ページ）。チヨノ母さんの家は、家と並行した通り側に空鞘神社が位置していたので、建物疎開の対象範囲から外れ、同じ通りでも向かい側の建物は取り壊されることになった。

しかし、このような対策だけでは不十分で個人財産は守れないと考えて、チヨノ母さんは家具、調度、衣類などの貴重品は広島市内から広島市郊外の安全な場所に疎開させることを思い付かれた。安全な場所といっても信頼のおける親類が広島市近郊にはなかったので、思案の末、ふと心に浮んだのが、郊外から野菜物など売りに来ていた農家であった。農家は広島市郊外の長束方面から定期的に農産物を荷車に乗せて売りに訪れていた。熊ちゃんは子どもであったし、また郊外の農家から市内に運び込まれる農産物を購入する立場になかったので、農家の野菜売りのおじさんとは会ったことはなかった。間もなくして、家財道具を預かって貰う約束が農家の人とチヨノ母さんとの間で成立した。家財道具を運ぶに当っては、熊ちゃんは役立たない子どもということで無視され、一緒には行かず長束の農家へはチヨノ母さんだけが行った。

当日、チヨノ母さんは早朝に家を出発して、夜遅く戻ってきた。そして、日頃から懇意にしている近所の人と家財を預けたことを詳細に話されているのを何となく聞いた。その情報によると、家財を運んだ農家は立派な佇まいで、主道路より少し坂を登った所にあったというような話をしていた。チヨノ母さんの辿った経路は空鞘町、横川町、打越町、三篠町から祇園大橋を渡り長束町に至る道程で、案外の距離があったようである。会話の中にでてくる懇意にしている近所の家とは、酒など広く商売されている分限者で、熊ちゃんも頻繁に出入りして食事など呼ばれていた。だが、その家には熊ちゃんより年齢も若干少ない男の子がいた。その男の子がしばしば熊ちゃんの所に遊びにきて、そして遊びに来る度に面白がって、築山や築山の辺際の池に向かって小便をした。その池には白や赤や黒の鯉がいたが、小便の結果かどうか分からんが、鯉が死んでしまった。チヨノ母さんはかんかんに腹を立て、熊ちゃんに「お前が池に小便して死なせたのだろう」と叱られた。熊ちゃんは決して池に向かって小便はしなかったが、日頃の品行が品行なので疑われても仕方なく、ずっと無実の罪を負わされたままであった。

第五節　大都市と縁故・集団学童疎開

米国がサイパン島に上陸し始めた昭和十九（一九四四）年六月、政府は国民学校（小学校）初等科の児童を疎開させることを決定した（前掲書『図説　教育の歴史』七三ページ）。児童の対象は大都市の国民学校（小学校）三年生から六年生で、個人的・集団的による安全な地域に移動させるためのものである。しかし、当初、国は家族制度の崩壊、さらには国民の戦争への戦意喪失を恐れて学童疎開に積極的ではなかった。急遽、日本本土がB29重爆撃機の航続距離の範囲に入るに及んで学童疎開を実施することにした。学童疎開は縁故疎開を原則としていたが、戦局が激化するにつれて、縁故疎開できない学童の集団疎開に踏み切ったのである。だが、まずは親類など血縁、知人に頼る縁故疎開が進められ、次に縁故疎開できない学童を学校単位の集団で疎開させる集団学童疎開が実施された。学童疎開の主旨は、子どもたちを空襲による災難の惨禍から守ると共に戦争を最後まで完遂するための次世代の兵士を温存させるという目的もあった。

縁故疎開、集団疎開とも国の強力な干渉の基に行なわれた。親が子どもと一緒にいたいとして疎開を希望しなかったり、また学童の集団疎開に伴う食費、月収の一五～二〇％や布団など負担できないため疎開しなかった学童、さらに病弱などで疎開に適さないと判断された学童もいた（『中日新聞』〈サンデー版〉二〇一〇年八月十五日）。最初、学童集団疎開の対象は東京、横浜、川崎、横須賀、大阪、神戸、尼崎、名古屋、門司、小倉、戸畑、若松、八幡の一三都市四〇万人であった。だが、京浜や阪神地方は順調に進展したが、北九州地方は計画通りに進捗しなかった。東京における学童の集団疎開を実施するに際し、国は疎開は消極的な避難ではなく、積極的な戦争であることを強調したのである（戦争と子どもたち編『戦争と子どもたち』〔五〕日本図書センター、一九九四年、六ページ）。そして、昭和二十（一九四五）年四月になって、京都、舞鶴、広島、呉の四都市が追加指定された（『中日新聞』〈サンデー版〉二〇一〇年八月十五日）。

学童の集団疎開の対象範囲が拡大し、広島市が追加対象になったことを熊ちゃんは担任の先生から聞いた。担任の先生は「現在の二年生の児童も四月一日からは三年生になるので、当然対象に含まれる」、「すでに父母には、その旨を通知してあるので、父母と学童集団疎開に参加するかどうかよく相談すること」、このようなことを説明された。このように考えると、すでに縁故疎開を決めている学童、何らかの理由で親元（広島）に残ることを決めている学童、さらに今回、学童集団疎開に参加する学童に三分類されることになる。チヨノ母さんは学童集団疎開について、充分理解されておられた。熊ちゃんは学童集団疎開に行くのが適切であるとして賛成し、決定して貰った。チヨノ母さんは日頃から、熊ちゃんがいなくても順子がいれば良いなどと言っていたので、学童集団疎開への参加決定は妥当なものであると思った。

熊ちゃんも学童集団疎開組に入ることを望んでいたので、熊ちゃんとチヨノ母さんの意見は完全に一致した。熊ちゃんは学童集団疎開は、何か別世界にでも行けるような気持ちを抱いていた。親友の村くんは縁故疎開したのか、広島市に残留したのかは定かでないが、学童集団疎開はしないと話していた。村くんの家は砂糖問屋みたいな商売をしており、時折、砂糖菓子のようなものをくれたりする気前の良い級友であった。村くんは学童疎開組には入らなかったが、村くんの近所に住んでいた熊ちゃんより一級上で、今春四月より四年生になる江波寛治（寛ちゃん）を友人として紹介してくれた。寛ちゃんは、すでに学童集団疎開に行くことを決めており、背丈はそんなに高くなかったが、とても肩幅もありみるからに強そうで頼れる先輩にみえて、初対面で意気投合し、仲良しとなった。

さて、国民学校（高等科）への登校の仕方であるが、まず子どもたちは予め集合場所を設定しておいて、そこで落ち合い、人数を確認し全員揃ってから二列縦隊で隊列を組んで、前へ進めの班長の号令で学校へ向かい、常に集団登校が義務づけられていた。子どもはみんなズック（布製）の鞄を背負って、色とりどりの綿入れの防空頭布を肩から斜め横に下げていた。その上、カーキ色（国防色）の服を着て、その服の胸には大日本青少年団の所属マーク、学年、クラス名、住所、氏名、血液型など書いた布地を縫い付けていた。国旗を掲揚した国民学校が目の中に入ると、歩調取れで足を高く上げ、足並み揃えて前進し、正門前には赤襷を掛けた週番の上級生が直立している。頭右《かしらみぎ》で、良しと週番が挙手で応えて、正門をくぐり、一回で済めば儲けものであった。つぎの難所は奉安殿で、ここには先生が立っており、緊張する瞬間で、まごまごしていると容赦なく頬に平手打ちが投んでくる。奉安殿には天皇、皇后両陛下の御真影が安置してあるほか、教育勅語などが桐箱に収納されている。

火災・盗難予防のため不燃焼造りで左右両開きの扉には菊の紋章が輝いていた。両陛下に対し奉り、最敬礼の班長の声に、一同、手先を膝まで下げ身を深く前方に最敬礼した（前掲書『戦争と子どもたち』〔四〕四ページ）。戦時において登校する際子どもたちは、このように地区（学区）ごとに集団で行動するのが原則であった。個人的理由で遅刻して、集団登校によらないで校門をくぐろうとしたなら大目玉をくらい、登校（入門）を許可されないこともあった。そして登校（入門）を許されないことが分かっている時は、他の地区の登校集団に密かに入れてもらい、堂々と歩調を揃えて登校した。このような要領の良さは児童の間で暗黙の了解みたいなことがあったようだった。熊ちゃんも幾度となく他の地区の学童に混じって登校し、校内に入ったものだった。とくに、寛ちゃん所属地区の集団には大いに助けて貰ったものである。

さて、熊ちゃんの仲間で学童集団疎開組に加わったのは、近所で自宅が鍛冶屋を営んでいた男子児童、本当の職業は判明し難いが、材木か何かの商売をしていた家の男子児童山丸くんがいた。鍛冶屋の息子や材木屋の息子は、いずれも熊ちゃんより一級上の先輩で熊ちゃんなどは格下扱いだった。もう一人、仲良しだった綿くんは、菓子屋の息子で、しばしば家に行って菓子を食べさせて貰った。その綿くんは学童集団疎開組には入らなかった。綿くんは両親にとても可愛いがられていたので、広島市の両親の元に残留したのか、それとも親類があり縁故疎開したのかは分からない。なお、当時一般には知らされていないことだが、前年の昭和十九（一九四四）年八月、沖縄県の那覇市から鹿児島県に向かった学童疎開船の対馬丸が米国の潜水艦による攻撃を受けて沈没し、児童約七〇〇人を含む一〇〇〇人以上の死者をだすという大惨事も起きていた（前掲書『昭和史の地図』二七ページ）。中には、対馬丸の沈没後、暗い海上を四日間漂流し、ようやく救助された児童たちもいたが、米国による沈没は口外しないよう監視された。

故郷の那覇市にいる母親には、何事もなく無事に疎開先に着いたと「はがき」を送ったとのことである（『中日新聞』〈朝刊〉二〇一二年五月二十三日）。

第Ⅲ部

3章 学童集団疎開で十日市国民学校へ

第一節 学童集団疎開と法正寺

昭和二十（一九四五）年四月十五日、いよいよ本川国民学校初等科の三年生から六年生までの児童、男子一二六名、女子七九名、計二〇五名と一〇名の教職員が引率して、広島市を離れて学童集団疎開先である広島県双三郡十日市町（現・三次市）へ出発する日がやってきた（「本川小学校平和資料館」説明文）。当日、国鉄（現・JR）広島駅には多くの知人・友人・家族の人、学校の先生などが見送りにきていた。チヨノ母さんが見送りにきていたかどうかの記憶はない。

広島駅から終着駅である国鉄備後十日市駅（現・三次駅）に至る国鉄芸備線（現・JR）には、広島、矢賀、戸坂、安芸矢口、玖村、下深川、中深川、上深川、狩留家、白木山、中三田、上三田、志和口、井原市、向原、吉田口、甲立、上川立、志和地、三次（現・西三次）、備後十日市（現・三次）の各駅がある。その間は山また山、川また川、森また森、畑また畑、田また田で沿線にはまばらに民家があり、どんな田舎へ行くのかと思うほどであった。学童が乗った汽車は石炭を燃やし、蒸気をエネルギーとして走行する蒸気機関車で真黒い煙をだすので、トンネルに入るたびに窓を閉めなければならない。だが、つい外ばかり見入って窓を閉めるのを忘れていると、煤煙が容赦なく列車の客室に入り込み、児童の顔はたちまち真黒になった。

児童たちは煤だらけの顔をして備後十日市駅（現・三次駅）に到着した。そもそも、三次という地名であるが、三次と書いて「みよし」と読むが、地名の起源は今なお明確な説はない。三次の地名が記録に表われるのは、出雲の風土記ということだが、そこには漢字で三次郡と書いてあるのみで、それをどのように読んだかもはっきりと判明しないことである。また、三次郡と書いて美与之（みよし）と読みがなが付けてあるものもある。だが「みよし」の呼び名が如何にして生起したかは明らかではない。「みよし」はもと「みすぎ」で「み」は水のみ、「すき」は古い朝鮮語で「村」の意味なのである。そこで「三次」は古くから多くの水流が落ち合うところから水村（みすぎ）と称したともいい、また「み」は「三」に通じ「すき」は宿の意味だという説もある。ただ、「すき」が「よし」に変化した点に関しては明確でない。建久三（一一九二）年、藤原兼能が三吉郡地頭職として比叡尾山に居城して、専ら三吉郡の字を使用し、自分の姓も三吉としている。その他、三善、三好、三吉と色々の記載がみられることだが、寛文四（一六六四）年、三次藩主浅野公により、三次と制定され現在に至っている（三次市役所商工

十日市小学校

観光課編『ガイドブックみよし』三次市役所商工観光課、一九七三年、一ページ)。

さて、備後十日市駅(現・三次駅)に到着した日は快晴で空は青く澄み渡っており、気分は旅行しているように壮快であった。児童のほとんどは広島駅を出発する時は、何となく心細いというような顔をしていた。だが、備後十日市駅(現・三次駅)に着いた途端、駅頭に十日市国民学校(小学校)の学童が手に手に小旗を持って、本川国民学校の学童を迎えてくれたのでみんな安堵していた。その後、十日市の駅前通りを通り、十日市国民学校へ向った。駅前通りは備後十日市駅(現・三次駅)から北方向に一直線に延びており、通りの両側はわずかに家並みがあるが、ほとんどは田んぼであった。その駅前通りの突き当った所に、後年のことだが谷尻肇同輩(明治大学卒、終生の友となる)の家があり、右手(東方向)のずっと奥に、後年のことだが山本一男同輩（終生の友となる）の家がある。メイン通りは左手で商店街通りとなっている。そのメイン通りを通って、十日市国民学校へ行った。学校では歓迎の式があったり、校長先生の話さらには諸先生による宿泊分担の説明など一通り聞いた後、第二の我が家となる寺へと向った。

寺への宿泊の内訳をみると、十日市町（現・三次市）の法正寺、覚善寺には男子児童が、同じく十日市町にある西覚寺と八次町（現・三次市）にある西福寺には女子児童が分散・分宿し、法正寺、覚善寺、西覚寺に宿泊する児童は十日市国民学校へ、また西福寺に宿泊する児童は八次国民学校（現・三次市）へ通うことになった（前掲「本川小学校平和資料館」説明文）。覚善寺は十日市国民学校の校庭の裏側にあり、西覚寺は十日市国民学校の正門の斜め前にあり、その並びに後年のことだが錦武志先輩（大阪工業大学卒、終生の友となる）の家があった。なお、熊ちゃんたちは西条川と馬洗川が合流し、江の川となる巴橋に近い法正寺に分宿することになったが、その法正寺は親鸞聖人を開祖とする浄土真宗の寺であった。親鸞聖人といえば、悪人正機説を唱えたことでよく知られているが、悪人正機説とは悪人こそ阿弥陀仏の救いの主対象だとする説である。元来、人を救済する対象は善悪の差別はないが、善人は自己の能力で悟りを開こうとするので、仏に頼る心が薄いのである。これに対して、悪人は自分の力では悟りえず、仏の救済力に頼る以外に道はないので、悪人こそ救いの対象となるということである。従って、親鸞聖人は一般の通念に対して、善人でさえ救われる故に、悪人が救われないはずはないとの論を展開している（前掲書『「お坊さん」の日本史』八三〜八四ページ）。

法正寺の和尚さんは、このような話を児童でも理解できるようにされたが、何となく分かったような気がしたが難しかった。とに角、親鸞聖人に帰依された高僧の和尚さんであったようで、この精神を受け継いだ後々の和尚さんたちは、境内に背高三メートル位はあろうかと思われる親鸞聖人の立像を建立され、後年になるが和尚さんの一人は僧籍と医師免許を取得して、三次市山家町に医療法人微風会ビハーラ花の里病院を開業された。ビハーラとは僧が仏道を修業する場所という意味で、あくまでも仏教という修業の心が核となっている。また、三次市十日市にクリニック花の里を併設すると同時に、介護付高齢者専用賃貸住宅で、釈迦の弟子の一人で教団を指導した迦葉をネーミングした「迦葉」を設立した（英公社編「わおマップ三次市」資料、英公社、二〇〇九年）。このような理念の素地のあった寺でのこれからの生活について、寺の職員や引率の先生から宿舎の規則など詳しく述べられた。具体的には三年生、四年生、五年生、六年生というように寝る位置が決められたりした。三年生の寝る位置は北側の廊下近くで厠（便所）の近くであった。厠が寝所の近くにあるということは、低学年の三年生にとっては好都合であった。

熊ちゃんもそうであったが、低学年の児童の中には、時に粗相することもあったからである。

ちなみに、高学年の六年生などは厠に遠く南側の廊下近くの日当りの良い場所だった。法正寺には六〇〜七〇人程度の児童が分宿することになるが、沢山の児童が寺の本堂（大広間）で寝起きして生活するので大へんだった。他の学童集団疎開の人たちと同様、日常生活で基本的に欠けていたものは設備の不備である。一般に寺院が宿舎の場合は、炊飯設備、収納設備、厠・入浴設備などが不足し、その上食事兼学習の机も足らず畳上に直接食器を置くようなことであった（前掲書『戦争と子どもたち』〔五〕六ページ）。布団などは本尊が安置されている所の横側に積み重ねるだけであった。布団を敷く際も狭い場所なので整然と敷くことはできず、重なるように敷き雑魚寝的な共寝をすることもあった。心身共に弱い児童は集団生活は難儀なことで、少々悪知恵の働く児童でないと耐え難いようである。三年生から六年生まで一緒に暮らすので、一級でも上の学年が上位であるのは世の常であった。

殊に、少しでも心身に弱い低学年が嫌がらせによって苦しめられた。熊ちゃんは低学年の三年生であったので、当然、苛めの対象範囲に入るのだが、四年生の寛ちゃんと広島市にいる時、親友となっていたので、苛められそうになった折には、寛ちゃんが助けてくれた。さらに苛めに関する様々な情報を提供すると共に、その対策も教示してくれた。しかし、寺内での苛めは増々、陰湿化して行き、寺内暴力かと称されるほどのものになっていった。とくに、広島市で近所であった四年生の児童は、常に苛めの対象となり、みるに堪え兼ねないほどであった。何故、こんなにも苛めるのか、もう苛めないでと心の中で叫んでいたが、口に出す勇気はなかった。口出しすれば、今度は自分が苛めの目標となるからである。非常に卑怯かも知れないが、苛められている現場をみてみぬ振りをするだけであった。

法正寺での子ども親分は寛ちゃんと同じ町内出身で背丈もあり、体格も立派で強面の六年生の児童である。寛ちゃんは親分とは家も近く、広島にいた折は一緒に遊んだ仲とのことであり、親分は寛ちゃんに暴力を振るうことはなかった。それ故、寛ちゃんに付いていれば苛めから逃れることができ、熊ちゃんは低学年の三年生であったが寺で苛めを受けることはなく、寛ちゃんが一層、頼みになる心強い兄貴分的な存在となった。

第二節 法正寺の生活と地元の人

ある日、あまりの空腹に我慢できなくなり熊ちゃんは寛ちゃんと二人で、寺の近くにあった農家の畑へ柿を盗もうと入った。法正寺の境内には広い墓地があったが、その墓地を除けば見渡す限りの果樹園や田畑があり、江の川の土手まで続いていた。果樹園は目が届きやすく見張りも厳しかったので、比較的入りやすい畑の中に植えてある柿の木に狙いを定めた。木登りの上手な寛ちゃんが、「自分が木に登り柿をもぐ（取る）ので、熊ちゃんは柿の木の下でもいだ柿を受け取ってくれ」といったので、その指示に従って柿の木の下側で待っていた。いい加減のところで止めとけば良かったのだが、最も良く熟した、多分虫が食って赤くなったであろう大きな美味しそうな柿が枝先の方にあった。その柿を目掛けて柿の木の先端まで登ったので、柿の小枝が折れてしまった。「あ…」というまでもなく、寛ちゃんはその折れた小枝と一緒に、下にあった肥だめである野壺の中に落ちてしまった。

熊ちゃんは一大事だ、早く助けなければ寛ちゃんは野壺の中に沈んでしまい命を落としかねない。助けなくてはと必死で、近くにあった竹竿を拾い、その竹竿を使って野壺から寛ちゃんを引き上げることに成功した。この時ほど心臓の止まる思いをしたことはなく、寛ちゃんがこのまま野壺に沈んでしまったらと考えるとぞっとするが、何とか窮地を脱することができた。熊ちゃんは寛ちゃんを法正寺まで連れ帰り、寺に設置してある水道のホースで、野糞を流すと共に石鹸などなかったので、タオルのみでごしごしと洗った。幾ら洗っても一気には完全に臭みは除去されなかったが、野糞なので臭みは弱く、それなりに臭みは消えた。それから何食わぬ顔であまり目立たない裏通りを抜けて、江の川の土手に行った。

江の川といえば、鵜飼いというのがある。三次の鵜飼いは永禄年間（一五五八～一五六九）、ここ三次地方で毛利氏と幾度となく激しい攻防戦を繰り返して敗れた尼子氏の落武者が江の川畔に定住した。その落武者が陸上に住んでいた水鳥をつかまえて、その水鳥を使い鮎を捕ったのが始まりとされている。その後、寛永の世になって藩主浅野長治公が色々と改良、工夫を加えて、とくに鵜を使う者を鵜匠として士分（武士）に取り立て、小舟を使って数羽の鵜を操って鮎を捕るようになった。六～九月にかけ開始される鵜飼いの篝火は、江の川に映えて美しく、涼しい川面に吹かれながらの鮎を追う鵜の姿をみていると、この上もない納涼といえよう（前掲書『ガイドブックみよし』四ページ）。その江の川にやって来た熊ちゃんは寛ちゃんに、「短い雑草の生えている土手の頂上から河原の下方へ回転しながら降りていくと草いきれで、野糞の臭いは消えるのでは」と提案した。寛ちゃんは「それはいい思い付きだ、早速実行しよう」といって、その通りに何回となく実施したら、臭いは相当に消えていた。

考えてみれば、他人のものを盗んで食べなければならないほど、疎開児童は堪え難い空腹の続く毎日であった。食べられるものなら何でも良く、疎開児童の望みはただ腹一杯、食べられればそれで良かったのである。何が辛いといっても空腹ほど辛いことはなく、精神的にも肉体的にも我慢できないほど苦しかった。白米を食べることなど夢のまた夢で、麦米さえ食べることは困難で、米の中に大豆や大根を混ぜた、そうではなく、大豆の中に米、大根の中に米を混ぜた大豆飯、大根飯を食べた。大豆飯・大根飯ならご馳走で、サツマ芋否サツマ芋の茎のみの場合もあり、それは丸で動物への餌にあり付くというような調子であった。辛いことの多い集団生活でも広島市の親たちから懐しい便りが来ることがあり、一瞬嬉しい出来事であったが、一度も便りのない児童もあり、熊ちゃんもそんな仲間の一人だった。

それは、親たちへの文書通知の中で、一般に集団疎開児童への注意が、次のようにされていたことである。便りの内容はより同情的で感傷的気分に陥るものがあり、郷愁を覚えさせるものがあるので注意すること、食べ物など送ってくれというような便りをだしても、その子どもだけに食べさせることはできない。といって全員に分配するには少なすぎるという理由で、この取扱いには大いに神経を使い、送るのは慎み控えること。親などの写真を送付することは郷愁を覚えるので、固く断ることなどの通知が出ていた（前掲書『太平洋戦争の歴史』二五四～二五五ページ）。だが、一度だけ集団学童疎開児童と児童を送り出した家族側とが法正寺で面会できる機会が設定されたことがあった。その際、チヨノ母さんと会い、妹のことを聞いたら「元気で幼稚園に通っている」とのことであった。これがチヨノ母さんとの最後の別れとなった。

集団疎開生活で親元を離れて暮らす児童の中には、淋しさのあまり夜寝入る折、布団の中でしくしく泣く児童もいたが、熊ちゃんは少しも淋しいとか悲しいとか感じなかった。中には寺の生活に耐えきれなくなって、寺を密かに脱走して広島市へ逃げ帰ろうと試みた児童もいた。何を考えているのか分からないが、とに角、線路沿いに歩いて帰ろうとした児童もあり、運悪く途中で発見されて寺に連れ戻された。それは、他の集団疎開でも起こり、「家まで脱走する計画をたて、実行するものもあったが、家までの距離の長さや交通機関などから報告されたりして、成功する例はあまり多くなかった」（前掲書『戦争と子どもたち』〔五〕七ページ）。と述べている。集団疎開生活で大へん困るのは、非常に不衛生なことである。風呂に入る回数もごく僅かで、法正寺には共同風呂（浴場）はなかったので、町中にある銭湯（共同浴場）へ行かねばならなかった。

その銭湯へ行くのが楽しみで、とくに巴橋の袂にある銭湯は大きくて、とても近代的な衛生的な風呂屋であった。これも大いに衛生と関係するのだが、ノミ（蚤）やシラミ（虱）が児童に寄生して、吸血されて身体中が傷だらけになった。何故かノミやシラミは着る物の縫い目、とくにパンツとか下着に食い込んで非常に難儀した。法正寺での児童の日課がどのようなものであったかの記憶は確かでないが、ノミやシラミの発生、精神的不安などは学童集団疎開地においても、共通な傾向があったとされている（前掲書『太平洋戦争の歴史』二五二ページ）。それによると日課は、起床、洗面、人員確認、朝礼、ラジオ体操、清掃、朝食、登校、学習、下校、昼食、作業、自由時間：ノミ・シラミとりなど、当番、夕食、自習、就寝となっている（『中日新聞』〈サンデー版〉二〇一〇年八月十五日）。

寺での自由時間はもっぱらノミやシラミ退治の時間であった。何時しかノミやシラミを詳細に観察するようになり、ノミは雌が雄よりも体は大きく、飛び跳ねるのは雌と雄と大差はないが、雄の方が長距離、飛んだように感じた。また、シラミを何匹捕まえたとかいってシラミの

法正寺

取得数の競争をした。ノミ、シラミの発生は全国のどの学童集団疎開先でもみられた。時に寮母さんがぐらぐら煮え立った大釜の湯の中に衣服など投げ入れて、竹の棒で突きながらノミやシラミを退治してくれた。柄入りの衣服などは熱湯消毒で、色が抜けてしまい、衣服の縫い目などにはノミやシラミの糞が一杯付着していた。なお、女子の場合は毛ジラミのため丸坊主になったり、櫛で髪をすきながらシラミを捕る光景が見られた（前掲書『戦争と子どもたち』〔五〕七ページ）。なお、法正寺では悪童に対して、もぐさに火を付け、その熱の刺激で病を治すという灸を、人差し指の第二関節などに据えられた。これは、夜尿症にも効能があるとのことであった。

このような疎開児童の体験や心情は、どこの学童の集団疎開地の記録や回想をみても驚くほど似ており、特別なことではなかった。それが、日本近代の子ども史の中でも特に異彩を放つ事例であったことを証明している（前掲書『太平洋戦争の歴史』、二五四ページ)。法正寺にも六年生の子どもがいて、みるからに賢明そうな児童で、さすが和尚さんのところのものがあった。和尚さんところの子どもというだけで近寄り難い存在で、学童疎開の親分とは仲良しとのことであった。法正寺のある地域は十日市(現・三次市)の三部といって、腕にものをいわせる子どもたちが多く住んでいた。「お前らどこのものや」といわれ、三部といったら喧嘩を吹っ掛けられることはない位であった。だが、喧嘩の強い児童ばかりが三部に住んでいたのではなく、喧嘩とはほど遠い賢明で、親切な仲間も多くいた。加藤元則同輩(関西大学卒、終生の友となる)の元ちゃんや伸ちゃんなどはさっぱりした気性で、とても気前が良かった。元ちゃんのところは米屋で、広く米関連の商売をしており、時々米を貰ったが米は生で食べられるので大いに助かった。元ちゃんの並びにあった伸ちゃんのところは、食堂か何かを営んでおり、何かにつけて食べ物を工面して食べさせてくれた。

また、大へん気がやさしくて、親切な思いやりのある俗称もーちゃんという友人がいた。もーちゃんの所は牧場を持っていて、多くの乳牛を飼育していた。そのもーちゃんは親の目を盗んで牛乳を飲ませてくれたり、トウモロコシや大豆など恵んでくれた。生の大豆などは火を通して煎り豆にしてくれれば、より美味しく食べられたのだが、もーちゃんの親切は親に隠れての行為なので煎り豆にはできなかった。あまりの空腹にこらえきれず生で食して腹を壊したりしたものである。牛の飼料となる粕的な大豆を生で食べたりすることがあったので、友人の中には大豆粕と徒名する者もいるほどであった。さらに、みいくんという友人がおり、みいくんは三部の児童ではなく、備後十日市駅（現・三次駅）の裏にある立派な屋敷に住んでいた。みいくんの家は野菜や果物を作っており、また鶏も飼っていたので、みいくんの家に行く度に、鶏小屋に入り生み立ての卵を沢山くれた。卵は生で飲めば身体に良いからといって、必ず生卵を飲ましてくれた親切な心は忘れられない。

また、浜ちゃんという友人がいたが、浜ちゃんには高等科に通学していた兄貴がおり、背後で手助けしてくれる仲間であった。国民学校（小学校）には初等科六年間と高等科二年間、その上に一年間の特修科というのがあった（前掲書『図説　教育の歴史』七〇ページ）。さらに、忘れられない友人に賢ちゃんがいた。賢ちゃんは身体も大きくリーダーシップを発揮できる頼もしい友人で、勉強もできたし、腕力もあったが、食べ物などは貰ったことはなかった。どのようなきっかけで仲良しになったたか詳しく分からないが、とても親分肌で存在感のある友人であった。なお、十日市国民学校の学校生活で忘れ難い体験は、長岡キヨコ先生の家に宿泊したことである。キヨコ先生が熊ちゃんの三年生の担任であったかどうかの記憶はないし、誰が担任であったかも憶えていないほど勉強は怠けていた。キヨコ先生は年齢は二〇代初めで、児童の憧れの若くて美しい先生であった。戦時中、家族と離れ離れになっている児童に、家族の一員として宿泊させ、家庭の暖かさを味わわせたいとの試みで実施された。キヨコ先生は熊ちゃんを指名されたので非常に驚いた。

学校では勉強せず、成績も最悪で、振る舞いもぱっとせず、遊び中心の熊ちゃんを何故、指名されたのか分からなかった。しかし、中には模範となる品行方正の友人もいたが、その友人に心が引かれるというようなことは全くなかった。このような熊ちゃんはキヨコ先生の家に宿泊することが、とても信じられなく妙な気持ちであった。友人は「何で熊ちゃんがキヨコ先生の所へ行くのだ」といっていたので、とても気恥ずかしく照れ臭かった。キヨコ先生の家では、日頃の活発な行動はとてもできず、世にいう借りてきた猫のような状態だった。

第三節 ♧ 広島の原爆と三次地方

学童集団疎開して、十日市国民学校へ移り早や八月の暑い夏がやってきたが、当時は戦争のため夏休みはなかった（広島平和教育研究所他編『ヒロシマへの旅』広島県教育用品、二〇〇五年、三四ページ）。それ故、毎日学校へ行くことになるが、勉強しに行ったという記憶は全くない。とに角、馬鹿の一つ覚えというか、学校へは雨が降ろうが嵐が吹こうが連日でかけて行った。それは、学校の校庭に植えてある作物であるキュウリ、ナス、トマト、ピーマン、カボチャ、サツマ芋などの水やりや草取りなどの面倒をみに行ったのである。さらには、学校の小プールには貴重なタンパク源となる食用蛙や殿様蛙を飼育していたので、それらの世話をしに行く仕事があったからかも知れない。野菜などの世話はいいとしても、蛙などの世話には閉口した。とくに死んだ蛙が白い腹を上にしているのをみるだけでも気味が悪かった。どういう訳か、どんなに空腹でも児童全員で世話をしている生り物《なもの》だけは盗まなかった。畑仕事をしている間は児童たちの気の休まる時間であった。

ある日、例によって例の如く法正寺をでて学校へ向っていたら、学校の道路上で、正に校門の前通りに入らんとしたその時、ヅーヅードンというような地響がして、道路を挟んで並んでいた商店街のガラスが、ガタガタと音を立てて揺れた。何が起こったのか分からなかったが、「三次地方の人たちは『ピカッと光り、ドーンというにぶい音』を聞いた」(三次地方史研究会編『三次の歴史』菁文社、一九八五年、三三三ページ)。と話していた。一瞬、大きな地震が生じたのかと疑ったのだが、地震ではなかった。その日は昭和二十(一九四五)年八月六日(月)午前八時十五分であった(前掲書『昭和史の地図』三〇ページ)。八月六日の早朝、広島市は暑い日差しが始まろうとしていた頃、その数時間前の一時四十五分、テニアン島から一機のB29重爆撃機が飛び立った。気象観測機から広島、小倉、長崎のどの都市も好天との情報を受け取ったB29重爆撃機エラノ・ゲイは、第一目標の広島市を目指した。

広島市に近づいたB29重爆撃機エラノ・ゲイは市内の中心に位置する相生橋の上空で、橋上を照準としリトル・ボーイと称されるウラン型原子爆弾を投下した。この瞬間、太陽より明るい火の玉ができ市内を覆い天空には茸状の巨大な雲が湧き上がりピカッと光った後、ドーンという爆音と共に爆風で街は一瞬にして焼失した。後日、ピカドンと呼称され、広島市にもたらしたのは「地獄」であった（前野徹『戦後歴史の真実』扶桑社、二〇〇三年、一三四～一三五ページ）。「広島市にもたらされた『未曾有の破壊・殺戮』はこれまで人類が経験したどの戦争でも起こらなかったことであり、この地上に出現した『地獄』といわれるのも故なきことではなかったのである」（黒古一夫、清水博義編、J・ドーシー翻訳『ノーモアヒロシマ・ナガサキ』日本図書センター、二〇〇五年、七ページ）。爆心地から半径二キロメートル四方では熱線が瞬間にして人間を墨にしてしまった。原爆の中心温度は五〇〇〇度～一億度になったといわれている。鉄でも二五〇〇度近くになると蒸発する。爆風はものすごいスピードで爆心地から二～三キロメートルの全木造家屋を倒壊させ、人間や都市が瞬時に蒸発した。

やがて、街のあちこちから火の手が上がり、全広島市が火の海と化し、熱線で火傷した人、爆風で負傷した人、かろうじて生存した人も業火の責め苦の中で死んで行った。即死者七万人、広島市の人口は三五万人なので五人に一人が突然、この世から消失してしまったことになる。わずかな生存者も火傷で水ぶくれした人、腕や足が吹っ飛んだ人、地べたを這うのがやっとの人、皮膚が焼けただれた人、目がつぶれた人など、広島全市でこの世の地獄が現われた。その後の原爆（原子爆弾）の放射能で一一月までに六万人が、それ以降五年間でさらに七万人が亡くなったのである（前掲書『戦後歴史の真実』一三五～一三六ページ）。その原子爆弾とは何かであるが、まずどんな物質でも原子と呼ばれる粒子からできており、その原子は中心にある原子核と周囲にある電子で形成され、その原子核は陽子と中性子からできている。広島型原子爆弾（リトル・ボーイ）の中にはウランが詰められており、このウランの原子核に外から中性子が衝突すると、原子核は二つに割れ、大きなエネルギー二～三個の中性子をだす。この中性子が他の原子核に衝突し、次つぎと核分裂が連鎖反応し、その結果巨大なエネルギーを放出するのである。核分裂反応では、人体に有害な放射線や放射性物質が大量に放出されて、生命体に長期間にわたって多大な影響を与えるのである（前掲書『ヒロシマへの旅』一七～一八ページ）。

さて、三次地方の人たちも昭和二十（一九四五）年八月六日、午前八時一五分にピカッ・ドーンという原爆の音を聞いたことについては、前述の通りである。だが、ピカッ・ドーンという音を聞いた数時間後に広島市から異常な避難民が身体にひどい傷を受けた人々が血まみれになって呻きながら送られてきた。このような被爆者の第一団が備後十日市駅（現・三次駅）に到達したのは午後一時過ぎで、この列車は矢賀駅からバック運転で戻ってきたとのことである。夕方から続々と列車から降ろされたが、被爆者の惨状は目を覆うものがあった。初めは十日市国民学校へ収容したが、その日のうちに満杯となり、三次技芸専門学校（現・十日市中央幼稚園）へも送った。三次中学校（現・三次高等学校）には陸軍第二病院三次分院が開設されていた。それ故、三次へ行けば医薬品もあり、医者もおり治療もしてもらえるという風評が広島市に広がっていた（前掲書『三次の歴史』三三三〜三三五ページ）。いずれもの病院、医院など医療機関も同様であったが、実際は油と赤チンキを塗る位しか手当はなかった。だが、医者がいるというだけで多くの負傷者に安心感を与えた（前掲書『平和学習ヒロシマノート』四二ページ）。

三次へやってきた人々をみると二目とみられない形相で火傷して背中全部の皮膚が剥げたり、顔の皮が剥げて顎からぶら下っていた。一つの教室に二〇〜三〇人位収容していたが、それが一〇教室程あり、それだけでは収容できず、一時廊下にも収容した。治療といっても、ただ赤チンキを塗るだけなので、それ以上の方法はなかったので、収容して間もなくして続けざまに死んでしまった。しかも、食べ物もないので、住民が家からトマト、キュウリ、漬物を持って行ったり、また着る物もなく、何しろ女の人でも半裸に近い人もおり、若干の衣料品をあげるようなことであった。このように地元の人は献身的な救援・救助活動をしたが、それにもかかわらず、ばたばたと亡くなるという次第であった（前掲書『三次の歴史』三三五〜三三七ページ）。

広島市から沢山の被爆者が十日市国民学校へ収容されたとの話を学校の先生から聞いた熊ちゃんたち疎開児童は、急ぎ校舎へ駆け付けた。児童たちはもしかして、家族や親類や知人が収容されていないかと講堂や各教室を探して歩き回った。それは、筆舌に尽し難い惨状であった。収容された人の中には、全く裸体化して死にかかっている人、男女の区別ができないほど傷んでいる人、さらにはハエ（蠅）がたかって傷口などに卵を生み、ウジ（蛆）がわいてウジだらけになっている人もおり、すでに死んでいると思われる人もいた。

また、原爆の犠牲者の件で忘れられないのは、地元十日市町（現・三次市）の牛市場の近くに住んでいた同級生の吉くんである。吉くんはたまたま原爆が投下された日に、家族の人と一緒に広島へ用事で行っていた。そこで原爆に出合い原爆の死の灰を被り、九死に一生を得て何とか十日市町まで戻ってきたとのことである。幾日かの後、学校で熊ちゃんたち数人の友人と吉くんと会う機会があり、吉くんから原爆投下直後の広島市内の様子を聞くことができた。吉くんの話によると原爆が落下した後、B29重爆撃機から重油を撒いたのではないかと疑うほど、べとべとした黒い雨のようなものが頭上に降り注ぎ、頭髪が抜け薄くなっている。「まだ、少し頭髪が少し残っているので試しに抜いてみてくれ」といったので、みんなで恐る恐る吉くんの頭髪を抜いてみた。実に簡単に抜けたので、何故こんなことになったのかと悲しくなり涙したが、非常に残念なことに数日後に亡くなった。吉くんは「黒い雨にやられた」と死ぬまでいっていた。

原爆が投下された直後、広島市は放射能を含んだ黒い雨に見舞われた。どうにか命だけは助かった人々も放射能雨である黒い雨を浴び、原爆症として苦しむことになるのである（池田清編『図説　太平洋戦争』河出書房新社、二〇〇五年、一二九ページ）。「避難して歩く間に『黒い雨』に打たれたり、災害地で手傷を負ったりしたので症害を受け、発病するのである」（井伏鱒二『黒い雨』新潮社、一九八四年、三二一ページ）、と井伏鱒二は表現している。

第四節　終戦と覚善寺への集結

昭和二十（一九四五）年七月二十六日、米、英、中華民国の三国は、日本軍の武装解除などを骨子とする降伏勧告であるポツダム宣言を発表した。当初日本軍はこれに反発したが、その後原爆投下、ソ連の対日参戦を受け、戦争の継続を断念し、八月十四日、ついにポツダム宣言の受諾を決断した。また、本土決戦、一億玉砕から一転して、敗戦を国民に告げて理解を得るには、天皇陛下から直接、肉声で呼びかける玉音放送が必須であった。十四日夜、天皇陛下の終戦詔書はレコード録音されるが、一部の軍人は放送を中止させるためのレコード奪取、さらに宮城の占拠計画など最後の抵抗を試みた。だが、明け方までに鎮圧されて、ついに八月十五日正午、時報に続き、「重大なる放送があり、全国の聴取者の皆様のご起立をお願いします」のアナウンスで、「玉音をお送り申し上げます」の挨拶、君が代（国歌）についで終戦詔書（玉音放送：天皇陛下の声）が流れた（前掲書『昭和史の地図』三二〜三三ページ）。

その日は、全国的にうだるような暑さであり、国民は初めてラジオの電波から流れた天皇陛下の声を聞いたが、殆んどの国民には電波の状態が良くない上に、詔書の内容は難しすぎ、理解できなかった。しかし、やっぱり戦争は負け、戦争は終結したのだということが判明したのは、玉音放送直後に流れたアナウンスのニュース解説であった（前掲書『図説　太平洋戦争』一四一ページ）。熊ちゃんたち、疎開児童が放送を聞いたのは、十日市国民学校の校庭の一角にあった青年学校の建物の前だったように記憶している。青年学校とは昭和十（一九三五）年、勤労青年の教育の場であった実業補習学校と小学校卒業後の軍事教練の場であった青年訓練所を統一して設立されたのである。さらに小学校卒業の勤労青年に普通教育・職業教育および軍事教育を実施した。昭和十四（一九三九）年には、男子は義務制が実施され、戦時体制の進行と共に陸軍省主体の軍事教育が中心となった（前掲書『図説　教育の歴史』六九ページ）。

前述したように、玉音放送は青年学校の校舎前で聞いたのだったが、その放送が何を意味しているかは、はっきりと理解できなかった。だが、どうでも戦争が終ったということが明確になったのは、法正寺に帰ってからで、それは、間もなくして集団疎開児童の実態調査が開始されることになったことである。原爆投下後さらには戦争が終っても法正寺に預けられた児童を迎えにくる身内がいるかどうかの調査である。学校側は誰も迎えにこないのは、身内が広く戦争（原爆など）で犠牲になったと推測されると判断するのである。いつまで経っても身内が引き取りにくる様子のない児童は一か所の寺に集められることになる。最初は多くの身内が法正寺に迎えにきたが、徐々に減少し、全く引き取りにこなくなった。熊ちゃんもその一人であったので、引率の先生は、熊ちゃんに「念のため再度聞くのだが、何か親が万が一のことを案じて、頼れる親戚の住所、氏名など書いた覚え書きを持たせなかったか」と聞き、「覚え書きなど持っていません」といったら、「そんなことはないはずだ」、「万が一の時には頼れる所を五～六軒位、書いて持たせるようにと保護者に通知していたのだが」と疑問視された。

そういえば、チヨノ母さんが書いた覚え書きを持たせたようであったが、とに角、現在は持っていなかった。熊ちゃんが覚え書きについて、寛ちゃんに尋ねたら、引率の先生から聞かれたので、「覚え書きを渡した」といった。しかし、何日経っても覚え書きのある住所（氏名）から何の連絡もないので、不審に思って、渡した先生に尋ねた。「一向に身内から連絡がないのですが、本当に覚え書きにある住所（氏名）に連絡を取ってくれましたか」と聞いた。すると、先生は「そんな覚え書きなどは受け取っていない、何かの間違いでは」と返事されたとのこと、寛ちゃんは激怒していた。このように引率の先生と寛ちゃんとの間で若干のトラブルがあった。引率の先生と寛ちゃんの間でどのような口論があったのかは、その場にいたわけでないのでよく分からない。だが、寛ちゃんの話によると、広島市の実家は寺とのこと、もし寺だとすると

巴橋

沢山の檀家があり檀家の一軒位、寛ちゃんが学童疎開していることは知っていても良いはずである。

しかし、誰も知らないとは不思議なことであるが、寛ちゃんに対して、法正寺の和尚さんが、しきりと「法正寺の坊主にならないか」と説得しているのを目撃しているので、その事実からすると寛ちゃんのいっていることは、信憑性が高いのではないかと思える。なお、原爆投下以降、終戦となりずい分と日時が経過したが、法正寺に残っている児童を引き取りにくる身内は全くなくなった。そこで、引き取り手のない児童を一か所の寺に集めることが決った。法正寺の男子児童は覚善寺に、西福寺の女子児童は西覚寺に収容することになった。ちなみに、原爆の投下直後、八次町（現・三次市）の西福寺に疎開していた女子児童四〇人で、両親の揃っていたのはたった一人であった。片親だけが七〜八人、残りは両親共に死亡という悲惨な状態であった（前掲「本川小学校平和資料館」説明文)。戦後、時間がそんなに経っていなかったと思うが、ある時ぼんやりと空を見上げていたら日の丸を付けた飛行機が低空飛行して作木村(現・三次市作木町)方向へ行くのをみた。熊ちゃんはその飛行機が何処へ着陸するのかと思い、その飛行機を追って、法正寺を飛びでて走り、巴橋を渡り、尾関山の下へでた。

尾関山(現・三次市三次町)は市街地の北西、江の川畔にあり、春は桜、つつじ、夏は青葉、秋の紅葉、月見、冬の雪景にと優れた自然公園である。元は小丸積山と称し、天正年間(一五七三〜一五九一)、三吉氏の家臣、上里越後守の居城であったが、慶長六(一六〇一)年、福島正則の重臣、尾関石見守正勝が二万石を領して、入城してから尾関山と称するようになった。寛永九(一六三二)年、三次藩主として浅野長治が入封すると、下屋敷が置かれ頂上に発蒙閣を設けた。尾関山公園の南麓に一基のキリシタン灯籠(織部灯籠)があるが、往時には数基あった。それが徳川時代の禁制で信者により隠され、または壊されて川の中に投げ捨てられたが、後に一基が発見され、キリスト教伝導の苦難の跡を忍ばせている(前掲書『ガイドブックみよし』七〜八ページ)。さらに、尾関山のごく近くにある鳳源寺を右手にみながら江の川の河原へ向かった。その鳳源寺(臨済宗)は、三次藩主浅野長治が入封し、比熊山南麓に建てた浅野家の菩提寺であり、境内には藩主や藩士の墓、約三〇〇基がある。

また、長治の女、阿久利姫の赤穂藩(現・兵庫県赤穂市)藩主浅野長矩に輿入れしたことから、赤穂浪士大石良雄の手植えの桜や浪士四七人の木像を安置する義士堂がある。その上、長矩の自刃後に落飾して瑤泉院となった阿久利姫の遺髪塔もあり、本堂裏の築山庭園は愚極和尚が築庭した備後有数の名庭園である愚極泉がある（前掲書『広島県の歴史散歩』二〇六ページ）。忠臣蔵で知られる赤穂藩四十七士を偲ぶ三次義士祭が毎年十二月四日、鳳源寺を中心に大石内蔵助役が陣太鼓を打ち鳴らしながら市中を練り歩き、祭には市内外から沢山の人々が訪れる。同じく、藩士たちの木像を安置した寺の義士堂前での法要や長刀（なぎなた）の模範演技なども行なわれる（三次税務団体協議会編『みよし会報』第一二四号、三次税務団体協議会、二〇一〇年二月一日、一ページ）。市中では、赤穂義士の一人、萱野半之丞の遺跡をみることができる。萱野半之丞政利は浅野内匠頭切腹の後、亡主の未亡人瑤泉院の生家である三次にきて復讐の時機を待っていた。

この三次は半之丞の兄や嫁いだ妹もおり、身を隠すには好都合の場所であった。その上、三次藩主も半之丞の縁続きの人で、三次藩主を頼りに寺戸（現・三次市）の山麓、甲斐庵に身を寄せていた。だが、胸中の大望は固く隠して誰にもいわず、耳も足も不自由な真似をし、毎日釣りにでかけたり、酒を楽しんだりの毎日で、村人に馬鹿にされ、笑い者になっていた。しかし、一年余り経たある日、誰にも告げず三次を去って行った。縁故ある人が甲斐庵を調べたところ、日頃の酒債にと金を借りた人の姓名と金高と共に詳細を記して、返済の金を取り揃えてあり、一同は仇討の大望を持っているのだと密かに喜んだ。半之丞は三次を去った後、赤穂を経て京都に至り、伏見に仮寓し、大石内蔵助に従って、江戸に下って元禄十五（一七〇三）年十二月十四日、本懐を遂げた。元禄十六（一七〇四）年二月四日、介錯により一党のものと共に切腹した。時に四四歳、泉岳寺に葬られているが、三次市内には萱野半之丞の遺跡がある（前掲書『ガイドブックみよし』三三～三四ページ）。

ところで、熊ちゃんが追跡していたあの飛行機は、江の川の河原に不時着したが、常識では考えられず、奇跡的に飛行機は大破することなく、搭乗員も無傷で無事であった。村人の話では、この若い飛行兵は作木村（現・三次市）の出征兵士とのことであった。先に示したように、男子児童は法正寺から覚善寺に集められるのであるが、集められた仲間の中には、親友の寛ちゃんも含まれており、山丸くんや井中くんの先輩もいた。他に何人収容されていたか、誰がいたかの氏名などは記憶にない。とに角、寛ちゃんとは法正寺の時からずっと一緒に行動していたので、少しも淋しくはなく心強くしていた。空腹時にはあちこちで畑で食物を盗んで食べたり、万が一に備え備蓄もした。ある日、十日市国民学校の校庭の隅にある食糧倉庫の扉が少し開いていたので寛ちゃんと熊ちゃんは「すー」と入り込んで、サツマ芋を幾つか失敬した。

そして、覚善寺の墓場に通じる道を一目散に逃げたが、運の悪いことに、同じ道の前方から歩いて来られた覚善寺の和尚さんの姿をみた。これは、まずいと察知し、二人は別の墓場の道に入り込み、大きな墓石の裏側に隠れていた。和尚さんはとっくに見抜いていて、何食わぬ顔で二人の隠れている所まできて、覚善寺まで連れて行かれた。その日は、夕食抜きで一晩中、和尚さんの監視のもと、和尚さんの休まれている寝台の側に座らされ、解放されたのは夜が明けた朝になってからであった。サツマ芋を盗んだことは良いことではないが、ここまで徹底的にやられるとは思っていなかった。たかがサツマ芋ではないか、だがやはり盗むことは駄目なことだと身に染みた。和尚さんから解放された両人は、少しでも悪夢から逃れようと覚善寺からより遠く、八次町（現・三次市）の熊野神社まで足を伸ばした。

三次市鎮座の熊野神社は、紀元四二〇年に雄略天皇が志を得て社殿を創建し、紀伊の国（現・和歌山県）の熊野大神を祀ったことに由来する由緒ある古い神社である。中世の文化を伝える宝蔵は正倉院と同一形式の校倉造りで、広島県の重要文化財の指定を受けている（前掲「わおマップ三次市」資料）。八次方面へ遠出した日は非常に天気が良く、空は透き通るような青空であった。もう甘藷泥棒はこりごりだと反省するも、これから先、空腹をどう満たしたらよいのだろうか、寺だけの配給では空腹は充足されない。疎開児童が栄養失調気味だといわれるようになったのは、この頃からであった。暑い夏はとっくに終り、秋の涼しさも終りの頃、覚善寺にいる児童をいつまでも収容しておく訳にはいかない。国としてもこれらの戦災・原爆孤児を何処かの場所に集めて収容するという方針が打ちだされた。ついに覚善寺とも別れる時が刻々と近づいてきたのである。

それは、広島湾にある似島の原爆孤児の収容所への送致決定である。似島の山は比治山の山頂からみると富士山に似ていることから安芸の小富士と称されている。この似島は宇品港から船で三〇分程度で着き、戦争や原爆と深い関係がある所である。宇品港が軍用港となると同時に似島に軍の施設が設置された。日清・日露戦争、第一次世界大戦にかけて、陸軍の検疫所、捕虜収容所、弾薬庫などが構築された。検疫所とは人間の消毒所で、海外の兵士たちが宇品港に着いた時、伝染病を国内へ持ち込まぬため、まず似島で消毒したのである。軍用港には必需の施設であった。このようにして軍用港としての宇品港と似島は運命共同体の関係にあった。さらに、原爆投下された折も宇品港と似島は被爆者や孤児の収容などと深い関係を持つこととなった（前掲書『ヒロシマへの旅』一〇ページ）。

第五節　貰い子募集と補欠合格

その後、日頃から覚善寺の和尚さんと囲碁仲間であった松本さん（後に父さんになる）という篤志家が、和尚さんから寺で預っている原爆孤児の広島似島送りのことを聞かれた。松本さんは男子児童を三人位、貰い受けたい旨で話はどんどんと進んで行った。和尚さんは残留している児童を本堂に全員集合させるので、その中から選出して欲しいといわれた。本堂には六年生、五年生、四年生、三年生という順に並べられて選別されることになった。松本さんは高学年の方から体格的に優れて、健康そうな井中くん、山丸くん、江波くん（寛ちゃん）の三人を候補にあげ、簡単な検査の結果、合格者として選出された。三年生の低学年生である熊ちゃんは選出されなかった。不選出・不合格の理由は分からないが、あまりにも体格的に貧弱だったからかも知れない。とに角、選ばれなかったので、熊ちゃんと他の児童は似島行きが決定した。親友の寛ちゃんは「苦楽を共にした熊ちゃんと別れるのは辛いなあ」といっていた。

しかし、心の中では貰われて行くことを聞いて安堵しているようであった。寛ちゃんは何ぞの時のために独自で収集していた食料や様々な所有物が不用になったと称して、熊ちゃんに全部くれたので、喜んで貰った。親友の寛ちゃんと別れることになった熊ちゃんは他の児童と一緒に覚善寺で荷造りし、広島の似島へ行くのを待っていた。待っていたら松本さんの方から、似島行きを少し延期するようにとの連絡があった。選出後に再度、合格者三人を詳細に調査の結果、井中くんに不都合なことが判明したとのことである。はっきりしたことは不明だが、なんでも同じように学童集団疎開にきている妹が、八次の西福寺にいることが分かった。松本さんは井中くんに妹がいる以上、兄妹を別々に離すことはできないとして、井中くんの貰い受けの件は取り消しとなった。つまり、合格取り消しということになった訳である。

そこで、井中くんの代わりになる男子児童について、今度は入念に調査し、再選出すること

覚善寺

になった。前回の選出基準は、体格的に優れ、健康そうな児童だったが、今回は選出基準は変えて、体格的に優れているというより、将来的に鍛えればものになりそうな児童ということで、松本さんは一人一人の頭を軽く撫でながら、頭の格好が良いというようなことで小さくひ弱な熊ちゃんが選ばれた。第二次募集というか繰上げ・補欠合格というか、とに角、熊ちゃんが正式に決定した。先に正規合格した寛ちゃんと山丸くん、補欠合格の熊ちゃんの三名が最終的な合格ということで松本家に行くことになり、この日から松本父さんと呼ぶことにした。三名が松本父さんのところに集められ、持ち物検査などが実施されたが、熊ちゃんの個人的な荷物にはクレームが付いた。そのクレームとは若干の盗難品や拾得物など所有していたからである。それは、主に先輩である寛ちゃんが合格が決定した際、不合格であった熊ちゃんに親切心でくれたものである。

熊ちゃんは補欠合格が決定した時、貰った品をすべて処分すれば良かったものを後生大事に持っていたのである。これら荷物検査の折に発見された松本のヨシコ母さんは、「こんなことをしては駄目ですよ」と笑いながらやさしくいわれた。限りなく我楽多に近い品物を持っていた熊ちゃんは恥ずかしさで一杯になった。熊ちゃんは寛ちゃんの名誉のためにも好意で貰ったものだとはいわなかった。「はい、わ分かりました。すみません」といっただけで、ただ恐縮し、誤ちを素直に反省した。少しの間、寛ちゃん、山丸くん、熊ちゃんの三人は松本家で寝食を共にした。松本家には松本父さん、母さん、おばあさん、加えて長女の公ちゃん（高等女学校：旧制）、次女の和ちゃん（国民学校：五年）、長男の邦ちゃん（国民学校：二年）の姉妹弟がいた。三人の児童を引き取られたが、これらのうち寛ちゃんは松本家の親類の松田家へ貰われて行くことになった。松田家は広島県双三郡君田村茂田（現・三次市君田町）で田畑を耕作して生計を立てている農家であった。

次いで、山丸くんはひとまずそのまま松本家で生活することになったが、少しして突然に、山丸くんの姉さんが外地から引き揚げてこられ、松本家を訪ねられたとのことである。戦争が終っても、海外には軍人・軍属と一般邦人がそれぞれ三〇〇万人以上、合計六〇〇万人を超す人々が取り残されていた。政府が舞鶴、浦賀、呉、下関、博多、佐世保、鹿児島、横浜、仙崎、門司を引揚港に指定したのは、昭和二十(一九四五)年九月二十八日のことであった。引き揚げは軍人、軍属、一般邦人も区別なく、準備が整った集団から乗船し、それぞれの引揚港に到着した。ポツダム宣言には日本国軍隊は完全に武装を解除した後、各自の家庭に復帰し、平和的、生産的な生活を営む機会が得られたとしており、復員将兵の日本送還は連合国最高司令官の義務となっている。例外だったのは北朝鮮や樺太、千島地区の約六〇万将兵で、シベリアに強制連行され、重労働させられたことである。それらは別として、終戦後、約一年間で将兵はほぼ引き揚げを終えた(前掲書『図説　太平洋戦争』一四六～一四七ページ)。

なお、陸軍省、海軍省の廃止に伴い、軍隊の復員事務と軍解体後の残務整理を実施した行政機関である復員省が、昭和二十(一九四五)年十二月一日設置された。初めは第一(陸軍)と第二(海軍)があったが、昭和二十一(一九四六)年六月に復員庁に統括し、昭和二十二(一九四七)年八月までに外地に進駐していた陸海軍人約八一万人を復員させたのである(前掲書『週刊日録二〇世紀(一九四五)』四二ページ)。山丸くんの姉さんは従軍看護婦として、戦地へ行かれていたとのことであった。赤十字の看護婦は、看護学校卒業後七年間の救護看護による勤務の義務があった。平時は非常災害に、戦時中は従軍看護婦として動員された。各都道府県の赤十字支部に登録されており、必要に応じて救護班が編成されて、戦地(任地)へ出向いたのである(高山女性史学習会編『飛騨の女性史』郷土出版社、一九九三年、一〇八ページ)。終戦になり従軍看護婦として任地におもむかれていた山丸くんの姉さんが、日本に引き揚げてこられ、弟を探していたら無事生きていて、松本家で世話になっていることが判明し、訪問したとのことである。山丸くんは姉さんと一緒に広島県山県郡の戸河内町（現・安芸太田町）という所へ帰って行った。

第Ⅳ部

4章 深瀬国民学校（小学校）へ転校

第一節 新しい家族と集落

熊ちゃんは松本家の親戚である重富家に貰われて行くことになった。重富家は広島県高田郡甲立町秋町（現・三次市）という所にあった。秋町という町名が付けば住宅や商店も多く、人も沢山住んでいる所と誰もが想像するが、そのイメージとはかけ離れており、固有名詞の秋町、つまり小さな村（村落）と考えた方が良いかと思われるほどの地区である。村（村落）の概念をみてみると、村（村落）とは直接接触ができ、限定された範囲の人々の何らかの社会統一性を持った小地域社会であると規定できる。いってみれば、村落とは社会的統一性を有した農村（村里）で、集落の意味である。そこで、村落の社会統一性の性格からみると村落は形式・内容が互いに関係性を有している組織として把握することができる。日本の村落は農村住民の社会生活を送る基礎的場所であり、人々の相互作用や社会関係は、一般に村内の区画を示す大字（おおあざ）とか比較的少数の民家が集まっている部落と称されている範囲の集積である。

村落は社会生活の場所としての生活の本拠としての意味を持っており、その生活の本拠として眠る場所、財産の貯蓄場所、家族の生活場所の集まっているところである。このことは家族の居住する住居とその居住の集合している集落を指しているのである（長谷川昭彦『地域の社会学』日本経済評論社、一九九二年、三六～四〇ページ）。現在は三次市秋町と非常に座りの良い町名となっているが、かつては高田郡甲立町秋町、高田郡甲田町秋町、双三郡川地村秋町などと名称が市町村合併の都度変わっている。市町村合併というのは、二つ以上の市町村が一緒になって、新しい市町村を作ること（新設合併）と、ある市町村が他の市町村に組み入れられる（編入合併）タイプがある。このように、市町村合併には新設合併と編入合併の二種類があるが、合併の定義によると、新設合併を二つ以上の市町村の区域の全部もしくは一部をもって、市町村を置くとしている。端的にいえば二つ以上の市町村が一緒になり新しい市町村を作ることである。これに対して編入合併の場合は、まず中核になる市町村があって、その市町村に他の市町村の区域が組み入れられるという形の合併である（中西啓之『改訂新版市町村合併』自治体研究社、二〇〇二年、九～一〇ページ）。これによると秋町の場合は、いずれの際においても、明らかに編入合併であるといえる。

さて、熊ちゃんが貰われて行った重富家の父さん（七郎）は次男であったが、長男（玄一）の

亀の甲集落

跡取りが農業を嫌って神戸市の大手企業に就職したので、急遽、料理人修業で都会にでていた次男の重富七郎さんが呼び戻され、実家の農業を継いだとのことである。重富家は七郎さん（熊ちゃんは父さんと呼ぶことにしたが、近所の人は何故か、「おじゃん」といっていた）、秋江母さん、一歳位の女児加代ちゃんの三人暮らしであった。いよいよ、熊ちゃんを引き渡す日がきて、松本家で重富父さんと初めて面会し、重富家に引き渡されることになった。熊ちゃんは重富父さんに連れられて備後十日市駅（現・三次駅）まで行き、広島行きの列車に乗り志和地駅で下車した。そして、歩いて重富家まで行くと道路に沿って若干の商店があるものの、ほとんどが田や畑であった。さらに可愛川に懸る錦橋という比較的大きな橋を渡って、遠方にみえる山方向に向って進んで行くが、家は道端に二〜三軒ある程度で、見渡す限り田んぼが広がっていた。

その道をどんどんと進むと左手にこんもりとした森があり、そこには八幡神社があった。その森を過ぎると集落（部落）

がみえてきた。人々は一般に亀の甲集落と称しているが、何故亀の甲集落と称しているのかは分からない。重富父さんが「あの集落の入口の一番手前にある家が重富家だ」といわれた。その集落には重富家を中心にしてみると、その横隣に中本家、裏側に福原家、そのずっと奥が分家の畠中家、その前横側に本家の畠中家、その前が野村家、少し離れた前方に藤岡家などの七軒があるとのことであった。重富家に着いたら、秋江母さんと女児加代ちゃん、そして近所の子供たちがどんな貰い子がくるかなと物珍しそうに集まっていた。男子児童の一人が、熊ちゃんの履いている布製の運動靴に書いてある氏名をみて、多分、氏名を反対側から読んだんだろう。「君はダマクという名前だな、ダマクだダマクだ、ダマクちゃん」といっていたので、秋江母さんは「ダマクではなくクマダですよ、仲良くしてやってね」といわれた。

別の男子児童が「重富さん家（ち）に貰われてきた貰い子だね」といったら、「貰い子だけど重富家の家族ですよ」など、詳しく説明された。それでも、集落の子供たちは何となく重富さん家の貰い子と呼んでいた。熊ちゃんは重富家の一員となり、同じ屋根の下で暮らすことになり、熊ちゃんの部屋は原則として表納戸に決った。表納戸には布団や日常使用される小道具類が収納されているが、寝起きするのには結構な広さであった。

第二節 ♧ 深瀬小学校と転校生

これから重富家での生活が始まるのだが、熊ちゃんは国民学校の三年生であったので、地元の国民学校に転校する必要があった。昭和二十二（一九四七）年、教育基本法、学校教育法が制定され、学校の名称も国民学校初等科（一年生～六年生）は小学校に改正され、高等科は廃止された。さらに、三年制の中学校が新しく設置され、昭和二十二（一九四七）年四月一日、小学校、中学校の九年間を義務教育とする六・三制が発足した（前掲書『図説　教育の歴史』八三ページ）。このように国民学校から小学校に名称が変わるのは、昭和二十二（一九四七）年四月一日からであるが、ここでは便宜上、深瀬に転校してから小学校と表現することにする。熊ちゃんの転校する小学校は、広島県高田郡甲立町深瀬（現・安芸高田市）にある深瀬小学校という名称の学校である。その小学校に転校し、三年生に編入しなければならない。重富父さんに連れられて深瀬小学校に行くのだが、重富父さんは、朝食を食べたら厠（便所、トイレ、お手洗いなどという）で用達しておくようにといわれ、その通りに実行した。

重富家の厠は奥納戸の離れにあるものを除けば、普通に使うものは大・小便を含めて、家の外側にあり、文字通り家の外側に設けられた側家：厠であった。小は母屋に隣接し、大は納屋に隣接していた。すべての用達が終ると重富父さんと一緒に田、畑、川、山と続く遠く長い道を行った。目指す深瀬小学校は日当りの良い、出雲街道（石見街道）沿いにあった。出雲街道とは山陰の松江から宍道、木次、赤名を経て三次に達し、さらに可部で石見街道と合流して広島に至る経路である（竹内誠監修『日本の街道ハンドブック新版』三省堂、二〇〇六年、一九四ページ）。

深瀬小学校は棟を長くしたような長屋式の校舎の学校で、その中央に正面玄関があった。向かって玄関の左脇に教員室があり、その隣に教室が二つ、その続きに図書などのある児童室、また棟より離れた建物に児童用の厠がある。そして、玄関の右側に四つ教室があり、離れた建物に児童のための食事を作ったり支給したりする配膳室、給食室や厠などがあった。その上、各教室前を東西に直線に走る細長い狭い廊下があり、その廊下の中央北側に教員用厠が設置されていた。

このような東西に細長い校舎の前に運動場（校庭）があり、その運動場の左側に花壇があり、右側に器械体操用の鉄棒と砂場があった。児童数は全校で一〇〇人前後で、先生は八人程度、一学年一学級で、教室は六つあれば充分であった。全校児童全員が玄関に入ることができ、よくこの玄関内で校長先生の講話など聞いたものである。全校児童大会など催される時、講堂とか体育館というような気のきいた場所がないので、図書のある児童室に集合して実施された。学芸会などの際にはすべて教室の壁を取り外して、大広間を造ることが可能であった。壁といっても幅一間余りのベニア板の戸板が数々立てられている程度で、その戸板もとても古くなっており、隣の教室から隣の教室の様子を戸板の隙間から眺めることができた。後ろに座っている児童は、その隙間だらけの板塀から隣の教室を覗いたりして、先生に叱られたものであった。

さて、三年生の同級生は完全に二地域に分れて通学していた。それは深瀬地域と秋町地域で、深瀬地域には小山寿美、常広啓曹、中川敏明、槙原武夫、松本勉、滝野人司、西谷公克（以上、男子七名）、戸島百合恵、菊地政江、吉宗弘子（以上、女子三名）、秋町地域には岸田郎一、中原春麿、畠中幹男、藤岡秀明、辺見敏昌、福原好美、熊田喜三男（以上、男子七名）、上野美保子、山田三喜子（以上、女子二名）。しかし、福原好美くんは四年生か五年生の頃、他の小学校へ転校した。秋町地域でも熊ちゃんの住んでいる集落である亀の甲集落には、三年生の同級生である藤岡秀明（藤岡家次男）くん、分家の畠中幹男（畠中家長男）くん、福原好美（福原家次男）くんの三人がいた。同級生の三人とはすぐ仲良しになり、重富家と福原家とは親戚関係ということで、とくに好ちゃんとは親友となったが、間もなくして、名古屋方面の親戚に養子に入ることになり別離した。好ちゃんとは良く喧嘩したが、何となく心が通じていた。

その事実は、ずい分と時間が経過して判明することになるが、熊ちゃんが重富家に貰われてきた時は、好ちゃんの両親は亡くなっていた。福原家には長男の成美さん（成ちゃん）、次男の好美（好ちゃん）、長女の光子さん（光ちゃん）、次女、三女が家族を形成しており、農繁期など田仕事が忙しい折は福原家から重富家へ応援に駆け付けていた。長男の成美兄さんとは、かなりの年齢差があったが、親しみを込めて成ちゃんと呼んでいた。熊ちゃんは将棋が得意だったので、成ちゃんは福原家に招かれて将棋を打ったりして遊んで貰った。周知のように、将棋は将棋盤、駒、駒台の三つを使用し、普通二人で交互に指すが、一人で研究したり詰め将棋を楽しんだりもできる。盤上で互いに二〇の駒で戦うが、如何にして敵王を詰めるか、必至をかけるかで敵を勝ち目のない局面にするか知能競技である。反対に自分の王が詰まされれば負けとなる。

将棋は考えるゲームで、そのため如何なる戦法で指すか、如何なる駒組が良いのか、戦いが始まったらどこに攻防の手筋があるか、どのようにして敵王を相手より一手でも早く詰めるかを考えるのである。つまり、将棋は考えることを読む、読みといい、広く深く正しく読むことが重要である（原田泰夫『将棋をはじめたい人に』成美堂出版、一九八四年、六ページ）。何故か熊ちゃんは将棋はやや一歩抜きんでていたが、町中の将棋の強者である昌くんをはじめ、その兄弟には勝てなかった。また、福原家は青年団の集会所みたいな場所として若者（青年）に開放して、いつも賑やかであった。当時の流行歌：名月赤城山、勘太郎月夜唄、大利根月夜など、とくに大利根月夜は耳に胼胝（たこ）ができるほど聞いたもので、何処へ行ってもこの歌のメロディーが耳から離れなかった。大利根月夜の歌詞は、次のようなものである。

一、あれをごらんと　指さす方に　利根の流れを　ながれ月　昔笑うて　眺めた月も　今日

は涙の　顔でみる　二、愚痴じゃなけれど　世が世であれば　殿のまねきの　月見酒　男平手と　もてはやされて　今じゃ浮世を　三度笠　三、もとをただせば　さむらい育ち　腕は自まんの　千葉仕込み　何が不足で　大利根ぐらし　故郷じゃ　故郷じゃ妹が　待つものを（前掲書『歌のなんでも百科』一〇〇ページ）。

熊ちゃんは福原家で食事に招かれたり、お菓子などの土産を頂いたりして、大へんなもてなしを受け、可愛がって貰った。

第三節　預けた家財と物不足の時節

十日市国民学校時代の学童集団疎開の頃の生活を考えると天と地ほどの差があり幸せであった。この物不足時代に重富家の親切に何か応えることはできないものかと子どもながら考えていた。その時、ふと戦前にチヨノ母さんが家財を農家に疎開させていたことが浮んできたので、そのことを重富父さんに話した。熊ちゃんは家財の運搬には行かなかったが、広島市の郊外の長束という所に家財を預けたことを話した。その場所は主道路から少し坂を上ったところに家があり、家財はそこに預けたとチヨノ母さんが近所の親しい人と会話しているのを聞いたことがあることを説明した。重富父さんは、「田舎のことだ、現地に行けば分かるかも知れない」、「秋町から広島の郊外の長束はかなり遠いので、日帰りは無理だから、長束で安旅館でも泊らねばならない」といわれ、家財探し旅にでかけた。まず、汽車で広島駅へ、さらに横川駅まで行き、それから可部線に乗り安佐郡祇園町の長束（現・広島市）まで行った。

だが、長束といっても何番地というような情報は全くなく、小耳に挟んだチヨノ母さんの話が唯一の情報であった。とに角、ごく少ない情報を頼りに探さねばならなかった。こんな少ない情報で農家を探して歩くのは、「大へんなことだなあ、少し甘く考えていたかな」と重富父さんはいわれた。およそ農家は大体同じような位置関係で、坂を登ると作業用の庭があり、中心に母屋、両側に納屋、牛小屋があるというのがパターンであった。それを一軒一軒虱（シラミ）潰し的に探して、歩くのだから大へんな作業であり、「こりゃもう駄目かなあ」と悲嘆にくれていた時、想像に近い坂道のある農家を発見した。それは立派な南向きの陽当りの良い農家の屋敷で、その坂道を登って行ったら、何故か客間の障子が一部開け放たれていた。熊ちゃんはその障子の間から覗いてみたら正に見覚えのある箪笥で、思わず「あった」と飛び上らんばかりに喜んだ。「あれはチヨノ母さん所有の箪笥です」と間違いないことを伝えた。

重富父さんは「間違いないな」と念を押されたので、「間違いありません」と答えた。農家の玄関の扉を叩いたら、しばらくして農家の主人がでてきて、「何の用ですか」と返事され戸扉が開いたので、農家を訪ねた理由を述べられた。農家の主人は「戦前、野菜を広島市内に売りに行った」ことは認められ、「小野チヨノさんという人は憶えている」が「家財は預かったことはない」といわれ、その上、「家財を預かったという証拠は何かありますか」と反問された。二人の話を聞いていた熊ちゃんは、「あの客間の中央にある箪笥は間違いなくチヨノ母さんのものです」、農家の主人は「そんなことはない、あれはずっと自宅にあったものだ」と主張した。熊ちゃんは、箪笥の正面にある傷をみて、「あの傷は私が付けたものです」、「そんなことはない」、「ではもう少し詳しくみせて下さい」、「みてどうするのだ」、「もっと詳しく点検します」、「そんなに言い張るのなら座敷に上ってみるがよい」といって座敷に上がることを許された。

熊ちゃんは座敷に上がり、箪笥の前や横など丁寧に点検し、「この傷は小さい頃、傷付けたものです」と証拠を示した。誰でも気付かなかった傷を発見して、「傷を付けてひどく叱かられた」ことなど話したら、反論できないという風に態度を軟化された。だが、「その傷だけでは完全にチヨノさんの所有ということにはならない」、「こんな傷ならいたずらっ子のいる家ならよくあることだ」といって完全には認めようとしなかった。それでは、「箪笥の中味をみせて下さい」、「みてどうするのだ」とふてぶてしい態度にでられた。「この箪笥がチヨノ母さんの所有であることを確認したいのです」といったら、農家の主人は仕方ないというような姿勢で箪笥をみせてくれた。中には見覚えのある衣類・着物が沢山入っており、これは熊ちゃんが着ていた外出用の服であると説明した。「こんな服はどこでもある品だ」といわれた。

しかし、箪笥の何番目かの引出しを引いてみたら、クマダ　キサオと片仮名で書いた名札付きの子供用学生服がでてきた。名札には学年、クラス名、住所、氏名、血液型など書いた軍人並みにものものしい名札を付けることが、戦時中は義務づけられていた（前掲書『戦争と子どもたち』〔四〕四ページ）。このように、戦時中はどんな衣服でも児童の着用する服には氏名、住所、保護者名など書く必要があった。それは、戦火が拡大し、万が一家族が別れ別れになっても身元が判明するようにしたものである。それによると、チヨノ母さんは熊ちゃんの保護者であり、広島市の空鞘町で一緒に生活していたことが証明され、この箪笥はチヨノ母さんの所有であることが認められた。これで相方が納得し、農家の主人は、「この家財はまとめて送ります」ということで結着した。重富父さんは、「大したものだ、一度も行ったことのない所を小耳に挟んだ話だけで、適確に当てるとはね」と感心されていた。目的を果たした二人は集落へ帰った。

しばらくして、長束の農家の主人から荷物などが送られてきた。早速、荷物を開けてみたが、貴重な衣服は送られておらず、日常的に着用するような衣類だけが入っていた。重富父さんは、「あの農家の主人も仲々のものだね」と苦笑されていた。戦後の庶民のひもじさ、切なさを端的に表現した言葉として、タケノコ生活という言葉が流行していた。タケノコ生活とは戦災から免れた衣料を農家や闇市で食べ物と交換し、竹の子（タケノコ）の皮を剥ぐように、我が身を剥いで、どうにか生計を立て空腹を満たすという綱渡り式の日常生活が続いた時代を象徴的にいったものである（内野達郎『戦後日本経済史』講談社、一九九五年、四二〜四三ページ）。食糧難の時代だったので、栄養もエネルギーも不足していて、身体は糖分を切実に甘いものを欲求していた。かといって、甘い砂糖は原材料が皆無、入手できない。そこで、試みられたのが、いってみれば代用砂糖であるズルチンであった。栄養分は全くないが甘味だけは感じるもので、常用すると毒性を生じることがあり、今日では使用が禁止されている。

また、戦後の廃墟とはいえ、日常の仕事として衣服の洗濯や体の垢落しは欠かすことができない。そこで、必要になったのがお湯とそれを溜める容器であったが、当時は想像もできないほど貴重な製品だった。ここで、登場して好評を得たのがアルミ製の洗濯や行水に用いるたらいである。それは、航空機の材料を使用して製造・販売した。材料が底をつくまでアルミ製のたらいが広く流通したのである。さらに、日本に駐留した米軍の装備で最も話題を呼んだのは四輪駆動のジープである。この話題と人気に応じて作られたのが、ブリキのミニチュアジープである。材料は米軍の食料用缶詰の空缶で、これを鍛錬して工作する手作り頑具であった。一台一〇円と高価な玩具であったが、たちまち店頭にだすと売れ切れたといわれるほど、色々なものに飢えていたのである（前掲書『週刊日録二〇世紀（一九四五）』一九ページ）。かくの如く、戦後は恐ろしく物（衣食住）が不足していた時代だった。秋江母さんは長束の農家から送られてきた良さそうな衣服を身に付けて喜ばれていた。その光景をみて熊ちゃんは少しばかり嬉しく感じたものであった。

第四節　秋江母さんの死と高杉のこと

それから間もなくして、秋江母さんが病気で亡くなられた。多分二十歳代の若い、真に早い死であった。熊ちゃんが重富家に貰われて行った時は、元気の様子であり、重富家の三人は表出居で寝起きされていたが、しばらくして秋江母さんだけが、奥納戸で一人で寝起きされるようになった。何となく隔離したような生活で厠などは築山に位置する座敷専用のものを使われていたが、結核という病気で死亡されたのである。その結核であるが、紀元前のギリシャ時代にはフチージスという病名で、またずっと後になるが中国の隋の時代には肺労という病名で表現されている。フチージスとは疲れ、消耗し、衰弱するという意味の言葉で、同じように肺労の労はやはり疲れるという意味で、志労、思労、心労、優労、痩労など肺をはじめとする五臓に労があると考えられていて、フチージスと同じ言葉である。その後、日本でも肺労、労咳、伝屍労、労瘵などの言葉で呼称されていた。つまり、洋の東西を問わず、肺結核を中心として、次第に消耗し衰弱して行く病気を今日では、結核という病気と考えているのである（前掲書『結核の歴史』一八～一九ページ）。

結核で亡くなった秋江母さんの遺体は集落にある火葬場（焼場）へ運ぶのだが、棺桶に入れて集落の人が大八車に乗せて持って行かれた。棺桶といっても非常に粗末な板で、その板は松か檜か分からないが、四方を囲んだ細長い箱（桶）であった。重富家をでて福原家の前を通り、藤岡家の前道を右に曲り、それを過ぎると小さな山道があり、途中には小川が流れていて、水車小屋があった。水車小屋は精米、製粉するための装置である質素なわら藁き屋根の建物である。水車の羽根車が回転する度に、あたかも秋江母さんの死を知らせる如くに、ギー、コトン、ギー、コトンと悲しい音を響かせていた。その粗末な小屋を左手にみながら、どんどん奥へ入ると、山の木々が繁り、淋しい細い山道となる。それを少し行くと幾分広くなった場所に火葬を行なう焼場があった。焼場（火葬場）といっても本格的な設備があるのでなく、遺体を焼いた際に残る灰を処理する灰小屋と木小屋があるだけである。灰小屋の前の広場に木を井桁に組んでその上に遺体を載せて焼くごく簡単なものである。

一晩中、当番の集落の人が遺体が焼け切って骨になるまで火を絶やすことなく見守るといった焼場であった。焼場の前には深い谷川があり、不気味な音をたてて流れていた。焼場の煙が一度、谷川の上に昇り、それからトンネルのようになって山の谷間を通って集落に流れるのである。山狭を抜けて集落に煙がやってくると、煙の方向により使者の霊が迎えにくるといって、次の死者は何処なのかを占うというような昔からの迷信があった。集落の人々は迷信とはいえ、気味悪いと不安がっており、熊ちゃんも内心とても不気味なことで、良くないことが起るのではないかと恐れていた。そこで、表納戸で一人で寝るのがとても怖く、夜寝ていても何か少しでも物音がすると、布団を頭からすっぽりと被り、布団の隙間より少しだけ目を開けて周囲を眺め警戒した。熊ちゃんの寝ている表納戸からは裏戸口がよくみえるので、裏戸口の方へ目をやったりして、身体を固くしていた。

秋江母さんには妹さんが二人おられ、中の妹さん、つまり次女が重富家の手伝いにみえているようであった。だが、最終的には秋江母さんが亡くなったということは、家事などする女手が全くなくなるということになり、妹さんが家事手伝いに時々みえるだけでは、重富家の生活は成立しない。熊ちゃんは小学生なので、家事や子守代わりに専用に使用することはできず、学校へも行かせねばならないからである。そこで、苦肉の策ではあるが外から女手を雇うことになり、その女手として若干年配である松村さんという女性が、子守りや洗濯、掃除などのために通われることになった。その女性は朝みえて、夕方には自宅に戻るというような生活で、宿泊されることはなかった。女手が増えたことで、熊ちゃんも大いに助かり、家も少し賑やかになり、明るくなったが、外部による女手の助けのみでは家庭は上手に回らないので、伴侶となる嫁さんが必要となる。

しかし、重富父さんは秋江母さんのことが忘れられず、後添えなど考えられないといって、頑なに断り続けておられた。でも、このままでは、家庭が成り立たないとの周囲の説得で、重富父さんは後添え（嫁さん）を貰うことを決心された。その嫁さん候補は、広島県双三郡高杉町（現・三次市）の女性で、実家は菓子屋とのことであった。高杉町には高杉城と呼称される城跡があり、周囲の水田から四～五メートル高い河岸段丘状の地形に位置する平城である。城内に知波夜比古神社があり、この周囲約七〇×七〇メートルに堀と土塁が残っている。別名、祝要害・杉山城ともいっている（三次市教育委員会編「三次市文化財マップ」資料、三次市教育委員会、二〇一〇年）。城内の知波夜比古神社本殿は天文年間（一五五二）頃、毛利元就の攻略で兵火にかかって焼失したが、現在の本殿跡は毛利元就が後に、神威を恐れて再建を志したものである。その志に基づいて遠く三原沖の海底から潮土を運搬し、地固めして、弘治二（一五五六）年に再建したものである。昭和三十四（一九五九）年に、重要文化財に指定された（前掲書『ガイドブックみよし』二〇ページ）。

そこで以前から話のあった高杉町（現・三次市）出身の女性を嫁さんに迎えることになり、家族のみんなは待望の嫁さんがみえるのを心より望んでいた。田舎としては結構盛大な婚礼（結婚式）が重富家で行なわれ、ここに新しい家庭が形づくられた。高杉の嫁さんは、熊ちゃんを大へん可愛がったが、楽しい家庭は長続きしなかった。理由は詳しく分からないが、新しい嫁さんは高杉町の実家に帰られ、再び戻ってこられることはなかった。世にいう離婚されたのである。再び重富家は三人の家族で生活することになるが、また松村さんが重富家の手伝いとして通われ、平凡・平穏な日々が続いた。

5章 縁者の家から脱出を図る

第一節 縁者と広島へ連れて行かれた少年

ある時、松本父さんから熊ちゃんの縁者という人たちが広島市の有力議員などを連れて、十日市町（現・三次市）の松本家にきているという連絡が重富家に入った。その縁者たちは「ぜひとも熊ちゃんを引き取りたい」といってきており、松本父さんは、「熊ちゃんと縁者の皆さんとはどのような血縁関係があるのか分かりませんが、ぜひとも引き取りたいとのことなら、全く赤の他人の松本が渡さないということはできない」といわれた。「ぜひともお願いします」と縁者はいわれ、熊ちゃんは縁者に引き渡されることになった。縁者たちは本当によく生きていたものだというように感激していたみたいだけど、熊ちゃんはそんな縁者の話は聞いたこともなく、ましてや一度も会ったこともなかったし、一体何者かは全く理解できなかった。どうなっているのか不安な面も多大にあったが、松本父さんのいわれるままに縁者の住む広島市へ行くことになった。

松本家の人々は、縁者の血縁関係も分からないし、縁者がどんな素性か、今一つはっきりしないので、広島へ行っても、何が起こるか分からん、万が一のことがあった場合といって、松本家では熊ちゃんの学生服のボタンとボタンの間の一部を剃刀で切って、その間に幾らかの紙幣を入れて縫付けてくれた。いよいよ松本家を出発する時、公子姉さん（公ちゃん）がわんわん泣いて、「何かあった際には、何時でも待っているから戻ってくるんだよ」、「戻ってくる所はここしかないんだから」といって見送ってくれた。そして、熊ちゃんは備後十日市駅（現・三次駅）から芸備線の汽車に乗って終着駅の広島駅に到着した。

その広島駅は爆心地から約一・九キロメートルのところにあり、人類史上、最初の原爆投下により、広島駅舎は炎に包まれ全焼し、多くの旅客や職員の死傷者をだした。しかし、生き残った職員の懸命の努力により復旧が進められ、昭和二十（一九四五）年八月七日には宇品線が開通し、八日には山陽本線が部分開通し、被災者の避難や物資の輸送に大役を果たした（「旧広島駅の本館と駅前広場」掲示板説明文、撮影・川本俊夫、一九四五年十月頃）。そして、広島駅に着いた縁者の一行は、縁者の家のある巳斐に向った。巳斐は広島市の西側にあるといって、広島駅前から巳斐（現・広電西広島）行きの広島電鉄に乗った。広島電鉄は明治四十三（一九一〇）年に広島市を中心に路面電車などを運行する会社として設立された。八月六日の原爆投下で大きな被害を被ったが、三日後には営業を再開し、復興に尽力した。自動車時代の到来で全国的に路面電車が廃止される中、広島電鉄は不要になった他府県の路面電車を導入した。京都、大阪、神戸市電などの車両が広島市内を走るようになり、走る電車の博物館と呼称されている。中でも、京都、大阪市電の車両は当時の姿で走っており、郷愁を感じる観光客もおり、またドイツのドルトムント市、ハノーヴァー市の車両も導入されている。省エネが叫ばれている中、省エネ型、また乗降に便利な低床型車両も導入され、市民生活に深く定着しており、広島市は日本でも有数な路面電車王国でもある（前掲書『広島県の歴史散歩』七ページ）。

広島駅前で広島電鉄に乗り込んだ熊ちゃんがみた広島は、見渡す限りの焼野原で街は荒涼としていた。それから電車は仮民家がばらばらに建っている市街の中を縫うようにして、終点己斐（現・広電西広島）駅に着き下車した。已斐本町を通り、太田川放水路の土手にでて、その土手の上を歩いて縁者の家に行った。縁者の家は若干壊れていたが、人が住むには十分な家であった。何のために熊ちゃんを引き取って広島市まで連れてきたかは、よく分からなかった。縁者はチヨノ母さんのところには、幾分の財産があることを知っていて、その財産のありそうな場所（銀行など含めて）を探し求めて、熊ちゃんを連れ回した。縁者は思ったほどの成果はなかったので、「相当の財産があると聞いていたが、何ということだ」、「苦労した割には成果がなかった」というような会話をしていた。「こんな小学生の子どもを抱えて今後どうする」とか「まだ、小学生だから小学校へ行かせなくてはならん」、「食べ物も食べさせなくてはならない」、「働かせるには小さすぎる」、「あまり利用価値はなく役に立たなかった」というような冗談ともいえるような話を聞くとなしに聞いた。大へんな所に連れてこられたものだ、これ以上、縁者の所にいると、どんなことになるか分からない。一日も早く縁者の家から脱出しなくてはならないと感じた。

第二節 縁者の家より逃亡と広島の惨状

ついに、熊ちゃんは縁者の家から脱出することに意志を固めた。脱出の決行は明日の早朝で、縁者が寝ている間に脱出することにした。その夜は非常に興奮してぐっすりと寝れず、朝がくるのが待ち遠しく、夜が明けるか明けないか、少し薄暗い時に起きて縁者の家をでた。その日はとても快晴で雲一つない日本晴のような日で、ことを決行するには絶好の日和であった。とに角、縁者の家からできる限り遠く離れることで、「何か不都合なことがある場合は、帰ってくるんだよ」といって送りだしてくれた松本家の親切な言葉を思いだしながら懸命に逃げた。まずは、目指す目標は広島駅で、広島駅まで行って切符を売っている窓口で備後十日市駅（現・三次駅）までの切符を買い求めて、汽車に乗れば備後十日市駅（現・三次駅）に辿り着くと判断した。広島市は市全体が焼野原となっていたので、東西南北、端から端まで非常に見通しの良い状態となっており、何となく広島駅も遠くに霞んでいるが、微かにみえるような気がした。

縁者の家をでると、すぐ前に太田川放水路があり、そこに旭橋という大きな橋が懸っており、その橋を渡った。橋を渡ったところが南観音町で、そこの街の一角で牛の白骨化した多くの死体をみた。どうして、こんなに多くの牛の死骸があるのか分からないが、多分ここは屠殺場ではないかと不思議に思いながら足早に通り過ぎた。だが、牛の死骸がいつまでも頭から離れなくなっていた。それから観音本町に入ると、小学校か中学校かの建物がみえてきて、その付近には寺のような建物もあり、脆く崩れて焼失していた。どんどん歩いて行くと天満川へ突き当り、その天満川には観音橋という橋が懸っていた。天満川の少し上流は空鞘町に住んでいた頃、よく川遊びをした懐かしい場所でもあった。それから舟入本町、舟入中町を通り、その近くに小学校らしき建物があり、それらはすべて焼け落ちていた。そして、住吉橋を渡ったが、この橋は太田川、つまり本川（川の名）に懸るものである。

本川は本川小学校の名前にもなっている思い出深い名前であり、この川の上流に相生橋があった。相生橋はT字型をした珍しい橋で、爆心地から非常に近い、目と鼻の先にある橋であったので、大きな被害を受けた。鉄筋コンクリート造りの丈夫な橋だったが、石の欄干は押し広げられ、吹き飛ばされていた。また、もの凄い爆風は川面で跳ね返り、厚さ一五センチメートルの鉄筋コンクリートの歩道を上に押し上げたのである（広島平和教育研究所他編『あるいてみよう広島のまち』広島県教育用品、二〇〇〇年、一四ページ）。相生橋の麓に、戦前（原爆投下前）に熊ちゃんが通学していた本川小学校があったことを懐かしく思った。本川小学校は爆心地に最も近い小学校で、昭和十三（一九二八）年に完成した校舎は広島で最初の鉄筋コンクリート造りで、L字型に建っていた。爆心地から三五〇メートルと近距離にある校舎は爆風で、外壁は波打ち、鉄筋の窓枠は吹き飛ばされたが、倒壊はしなかった。本川小学校には原爆投下の日には二一八人の児童と教職員一三人が登校していたが全員死亡した。

また、建物疎開作業をしていた約二〇〇人の高等科の生徒もほとんど亡くなった。原爆投下の翌日、臨時救護所になった校舎は被爆者であふれ、校庭では死体を焼く作業が何日も続き、白骨の山ができたとのことである。昭和六十二（一九八七）年改築工事の際、被爆校舎の一部と地下室が保存され、平和資料館になっている（前掲書『広島修学旅行ハンドブック』二〇〇五年、三三～三四ページ）。昭和十六（一九四一）年に「国民学校と名を変えて、戦争のために夏休みのなかった当時、爆心地にもっとも近い、この学校は運動場で朝礼のさなか」（前掲書『ヒロシマへの旅』三四ページ）であったと指摘している。その本川小学校（国民学校）前の川を挟さんで広島県産業奨励館がみえた。広島県産業奨励館は大正四（一九一五）年にチェコの建築家によって建立された広島県物産陳列館であるが、これが原爆ドームの基の姿である。陳列館は緑青を

原爆ドーム

帯びた丸い銅板葺きの屋根で、玄関は高い吹き抜けで壁面に沿って螺旋状に階段が付けられた近代的な建物であった。
昭和八（一九三三）年に広島県産業奨励館と名称を変更して、県の産業振興を担うとともに各種の展示会や美術展覧会も開催された。昭和十九（一九四四）年から中四国土木出張所や木材関係の統制組合などが使っていた。原爆投下時、二〇〜三〇人が館内にいたとされているが、もちろん、全員が死亡した。原爆の熱線で屋根の銅板は溶け、内部は全焼したが、奇跡的に倒壊は免れた。戦後、何度も取り壊しの危機にあったが、国内外の世論の力で反核、平和の象徴となっており、平成八（一九九六）年、世界遺産に登録された（前掲書『広島修学旅行ハンドブック』三一ページ）。
このように鉄骨のみを残すだけの広島県産業奨励館を近くにみながら住吉町に入り、元安川に懸っている明治橋を渡り大手町にでた。そして、国泰寺町に入るとやたらと高い建物が目に入り、とくに広島市役所は目立つ存在であった。広島市役所は戦時中、空襲の備えの中心で、消火用の水、負傷者への手当準備と万全を期していた。

しかし、原爆が投下され、広島の街が火の海となった時、市役所は全く機能しなかった。広島市長をはじめ市役所の職員も死んだり、負傷したからである。当時の職員数七五一人のうち一〇一人は兵隊に取られ、原爆では二八〇人の市役所職員が死亡し、生き残った職員もほとんどが負傷していた。また市役所の窓ガラスは粉々に砕け、コンクリートの柱と壁のみが残っていた。原爆投下の翌日七日に市役所にきた職員は二〇人余で、一週間が過ぎて出勤できたのは五〇人余りで、書類はすべて焼失しており、仕事はできず市民を救援する活動は不可能であった（前掲書『平和学習ヒロシマノート』三九〜四一ページ）。

コンクリートの柱と壁を残すのみとなっている市役所をみながら竹屋町、三川町へ、そこから遠く外観のみを残した広島最大の福屋百貨店がみえた。さらに流川町をでて、京橋川に懸る京橋を渡り、京橋町、的場町にでて、猿猴橋を渡ってようやく松原町にある広島駅に着いた。

時間がどの位、経過したかは全く判明しないが、かなりの時間がかかったのではないかと感じた。広島駅は縁者に広島に連れられてきた時、最初にみて、大きな建物だと確認していたので、何処からでも目印となり、心配したより確実に探し当てることができた。何しろ、広島駅から広島港を経て、その先に浮ぶ宇品島、さらにはその先の似島がはっきりとみえるほどであったからである。広島駅は鉄骨で造られていたので、建物は燃えずに残っていた。広島駅に到着した熊ちゃんは大へん驚いたことに、駅の周辺は原爆で家や家族を失った原爆被災者や原爆孤児が沢山いたことである。中には、子どもを失った大人もおり、大人でも食物や金銭を恵んでくれとせがんでいる者もいた。洋服や和服も破れたり裂けたり、中には裸同然の子どももおり、これらの子どもたちは寒さと空腹で死に至る人もいるであろうと想像するだけで、何ともいえない気持ちになった。

全国諸都市の主要駅での行き倒れ実態が、栄養失調の餓死者として、連日、報じられており、東京、神戸、大阪、京都、名古屋、横浜などの大都市で、新聞が報じただけの餓死者は終戦から一一月までに七五〇人以上としている。正確には分からないが、大方は子どもで、それは恐らく身寄りのない戦災孤児なのである（戦争と子どもたち編『戦争と子どもたち』〔六〕、日本図書センター、一九九四年、六ページ）。また、広島駅前には正業に就かず、法に背いて暮らすやくざや女・子どもをだまして連れ去ったり、買い取ったりして、他に売り渡す人買いも沢山うろついているとのことであった。こんな所であちこち歩き回っていたら、どんな目に遭うか分からん、とに角、汽車に乗って備後十日市駅（現・三次駅）まで逃げなくてはならないと考えて、急いで切符売場に行った。切符売場の窓口で、「備後十日市駅までの切符を一枚売って下さい」とお願いしたら、窓口の駅員さんが「お前のような子どもには切符は売らない」といって売ってくれなかった。「お金なら持っています。ぜひとも売って下さい」とひたすら頼んだが、「切符は売らない」といって窓口を閉めてしまった。

広島駅で備後十日市駅（現・三次駅）行きの汽車に乗れば、十日市町（現・三次市）へ帰ることができるのだが、残念でならなかった。熊ちゃんはそれでも諦めることができず、切符売場の窓口を叩いて、「切符を売って下さい」と懸命にお願いしたが駄目だった。とに角、全く相手にしてくれなかった。「頼みます。切符を売って下さい」、駅員さんは「しつこい奴だ、子どもには切符は売れない」、「お前は小学校の何年生か」、「三年生です」、「それじゃ八歳じゃないか」、「そうです」、「やっぱり餓鬼ではないか」、「全く手に負えない餓鬼だ、帰れ、帰れ」とかんかんに怒ってとうとう切符は売ってくれなかった。改札口を擦り抜けて、ホームにでさえすれば、汽車に乗ることができると、一瞬ひらめいた。駅構内（ホーム）に入り込んで汽車に乗れば、お金は持っているのだから、無賃乗車ではなく、列車の中で支払えばよいのではないかと心の中で問答した。

だが、無賃乗車だといって車掌に捕まり、取り押さえられて、警察に突きだされれば大へんなことになる。もしかして、縁者があちこち手を回して、小学三年生位の男子が広島駅にくるかも知れないといって、手配がなされており、そこで捕まり保護され、縁者へでも引き渡されれば、一巻の終りである。また、十日市町（現・三次市）へ帰る親切そうな大人を探して、切符を買って貰うという手段もあるが、その人が悪人で思いがけない意外な方向に利用されたら面倒なことになる。もし、人買いの人だったらどんな目に遭うかも分からない。そうなると万事休すであり、泣きたくなるほど途方に暮れた。

第三節 中国配電（現・中国電力）本社と山縣さん

万策尽き果てた時、ふと妙案が浮んできた。それは、熊ちゃんが松本家にいた折、松本父さんと山縣さんという若い男性が客間で会話されているのを隣の部屋でちらりと耳にしたことがある。それによると、山縣さんが毎日、国鉄（現・JR）芸備線で双三郡三次町（現・三次市）から広島市にある中国配電（現・中国電力）本社に勤務されているとのことであった。そうだ、中国配電の本社を探して、山縣さんに連れて帰ってもらえば良いではないか、今から中国配電本社を探そう、でも中国配電本社は何処にあるのだろう。中国配電は、広島県はいうまでもなく、山口、岡山、鳥取、島根の各県にまで電力を供給するほどの大企業であると聞いたことがあるので、大きな建物であるに違いない。原爆でやられたとはいえ、鉄骨の建物は残っているはずであると判断して、大きな建物を探して歩くことにした。中国配電、中国配電、中国配電…と頭の中で呪文のように唱えながら探して歩くことにした。まず、広島駅からみえた大きな鉄骨の建物は何処だろうか、東西南北を見渡したら、どうでも西方向に鉄骨の建物が一団とな

猿猴橋

っているのがみえた。

　とに角、あの現場に行ってみよう。もう周辺はかなり薄暗くなり始めており、何はともあれ、急がないといけない。松原町、猿猴橋町を経て、猿猴川に懸る猿猴橋を渡り、さらに京橋川に懸る京橋を渡り、的場町、銀山町、胡町に入ると、壊れた大きな建物があった。ここだと判断したが、それは中国新聞社であった。えらいことをした間違いで、前方には福屋百貨店がみえた。百貨店とは名ばかりの状態で、戦況が厳しくなると、陸軍通信隊や中国軍需管理局などが入居した軍需施設として接収されていた。爆心地から六八〇メートルの所に位置していたので旧館は全焼、本館は辛うじて外部を残すだけであった（前掲書『広島修学旅行ハンドブック』三六～三七ページ）。福屋百貨店は、戦時中に幾度となく前を通っていたので、何だか懐かしい人にでも会ったような気分になった。こんなことに耽っている場合でなく、さらに西方面をみると若干の大きな建物が目に入った。こうなったら、片端から現場に行って確める以外にはない。

　急ぎ立町を通り紙屋町の交差点まで行った。鉄骨の建物があり、これかなと南方向に歩いたら銀行風の建物で、正に名高い日本銀行広島支店であった。日本銀行広島支店は、昭和十一（一九三六）年にできた建物で爆心地から三八〇メートルの場所にあったが、建物の姿は当時のそのままだった。外壁の厚さは薄い部分で四〇センチメートル、厚い部分は七〇センチメートルもあり、堅牢さは広島随一で、それが幸いして店内にいた二八人中一八人が生き延びた（同上書、三六ページ）。日本銀行広島支店をさらに袋町へ、袋町には崩れかけた建物があり、これは袋町小学校で、さらに南下して中町、小町へと入って行くと、神社の焼け跡らしいものがあった。その南側に大きな外郭を残すのみの鉄骨の建物があったが、中の様子は分からなかった。その隣に何か急造の粗末な仮建築のような建物があり、中国配電（現・中国電力）本社としては大雑把な建物だと感じたが、表門らしき所に、木製の看板で中国配電本社と書いてあった。

そうだ、間違いなく中国配電だ、もうとっぷりと日が落ちて、付近は真暗であったが、その建物の中にぽっと明かりが灯っており、確かに建物の中に人がいる気配がした。待てよ、ここが中国配電本社としても、果たして三次から通勤されている山縣さんが、今日来社しておられるかどうか分からない。もし、来社されていたとしても通常の勤務時間はとっくに過ぎているのではないか、もし来社してないとなるとどうしようかなど自問自答した。とに角、中に入ってみよう。一階の建物の中に入って、きょろきょろと辺りを見渡したが人の気配は全くなかった。だが、二階は明かりが灯っていたので誰もいないということはない筈だ。勇気をだして一階から二階に通じる階段の下から、「今晩は、今晩は、誰かいませんか、誰かいませんか」と大声で呼んでみたが、誰も応答しなかった。これは、大変だ誰もいないではないか、だが確かに二階の電気は灯っているので、誰もいないということは考えられない。

そこで、熊ちゃんは叫ぶような声で、「今晩は、今晩は…誰かいませんか、誰かいませんか」と悲愴な面持ちで呼んでみた。そうしたら、声が届いたらしく、しばらくして二階から若い男性社員らしい人が、降りてくるのがみえた。そして、階下に降りてきて「お前は誰だ、何の用か」と聞かれたので、「私はクマダという者です」、「三次から通勤されている山縣さんという人はおられませんか」といったら、若い社員は何の疑問も抱かず、「山縣はいるよ」、「少し待ってくれ」といって、二階へ上って行った。二階へ上がって行った社員は、山縣さんに「階下に小学生らしい男の子が、山縣さんはいませんかと訪ねてきている」と話しているのを聞いた。確かに山縣さんは在社のようであり、地獄に仏とは正にこのことをいうのであると思った。山縣さんは「俺を訪ねてくる小学生とは、一体誰なのかな」といいながら二階から降りてこられた。山縣さんは「あんたは誰だっけ」といわれたので、「私は十日市の松本家に貰い子されたクマダです」といった。

山縣さんいわく、「そういえば、松本さんが原爆で身寄りのない男子を貰い子したと語っておられたが、その貰い子とはあんたのことか」といわれたので、「はい私が貰い子のクマダです」と応えた。「私（山縣）が広島の中国配電本社に勤めていることがよく分かったね」、「それは松本家にいる時、松本父さんと山縣さんが会話されているのを聞いたことがあり、その話の中で山縣さんが、広島の中国配電本社に通勤されていることを知ったのです」というと、「そうか良く覚えていたなあ」と感心されていた。さて、「熊ちゃんはどうして、このような夜に広島にいるのかね」と山縣さんがいわれた。「実は一週間前に縁者と称する人たちによって広島に連れてこられた」、「松本さんも承知の上のことかな」、「はいそうです」、熊ちゃんの濃い縁者がぜひとも引き取りたいとこられた以上、他人の松本が引き渡さないということはできないと話され承知された。だが、何か変わったことあったら戻ってきなさいといってお金まで持たして頂いた。縁者はどうでも熊ちゃんを何かに利用しようという意図が感じられ、このまま縁者の家にいたのでは、大へんなことになると思った。

ということで、今日の朝、縁者の家を脱出した。その足で広島駅へ行ったが子どもには切符は販売しないと断わられ、そこで山縣さんのことを思いだしたわけである。「経緯は良く分かった」、「しかし、熊ちゃんはとても運が良かったよ」、「実は今日に限って残業していたんだ」、「普通ならば定時に仕事を終えて退社していたところだったんだが」、「その上、もう少し時間が遅かったら俺（山縣）は会社にいなかったからなあ」、「丁度、仕事が終って、帰る支度をしていたところだったよ」といって二階へ上がって行かれ、まだ残業をしている仲間に、「それでは山縣は三次へ帰るので、お先に失礼します」というようなことをいって二階から降りてこられ、二人は中国配電本社を後にした。

第四節 闇市の屋台と三次への生還

中国配電本社をでて、どのような経路で広島駅まで行ったかは定かではないが、とに角広島駅までやってきた。広島駅に着いた時、縁者の一行が広島駅前で熊ちゃんを探しているのを目にした。熊ちゃんを連れて行った縁者の一行が広島駅前にいることを山縣さんに、指差しながら告げた。「発見されると大へん面倒なことになる」、「腹でも減っているだろうから、夕食でも食べて、終列車で帰ることにしよう」と山縣さんはいわれた。実は熊ちゃんは朝から何も食べておらず、急に空腹を感じているところであった。「最終列車まで縁者の一行が、広島駅前で見張ることはないだろう」、また「熊ちゃんが縁者の家を早朝にでて、夜中まで広島駅前でうろついているとは思わないだろう」、縁者たちは諦めてしまうのではと判断しての行動であった。広島駅付近にはかなり大きな闇市（市場）が存在していた。戦後の統制経済下での配給物資量は大へん少なく、配給物資だけでは生活するのはきわめて難しいことであった。

多くの国民は少ない所持品を換金しつつ、政府の定めた公定価格の数倍も高い食料品などを闇市で購入せざるを得なかったのである。その闇市は軍需工場の放出物資や米国の横流し品など、様々な流通経路を経過した商品（製品）で溢れており、何でもあった（前掲書『昭和史の地図』四四ページ）。その闇市が始まったのは、終戦から四日目の八月十八日、新宿を本拠地とする露天商の関東尾津組である。その組が光は新宿よりという標語を掲げて店開きしたのが第一号なのである。開店した際の店数は一二で、それが一年余りで五万八〇〇〇店に膨れた。大阪では九月に鶴橋で蒸しパンやサツマ芋を販売する店が三、四店現われて、一か月後には大阪府下全体で五〇〇〇店に増大した。闇市には酒屋、うどん屋も店開きしていた。そこで売る品物は金魚酒、三味線うどんと呼称され、金魚が泳げるなど濃度が薄く、うどんが三味線の弦のように細いのが三本しか入っていないという意味である。

だが、好評だったのは一杯一〇円の残飯シチューであった。これは食べ残りの飯を集めてドラム缶に無造作に放り込み、煮込んだものである。腐敗しかけたものも含まれていて、すっぱい臭いもしたが、それでも馳走の部類であった（前掲書『週刊日録二〇世紀（一九四五）』三七ページ）。

広島駅前の闇市には数多くの屋台がでており、夜遅くまで商売をしていたので、良さそうな屋台に入り食事した。それは、空腹を満たしただけでなく、命まで満たしてくれたような気分になった。「食事も終ったことだし、いい時間になったので、ぼつぼつ最終列車で帰ろうか」

と山縣さんにいわれ、広島駅まで暗闇の中を歩いた。明かりといえば、辛うじて建物だけが破壊から免れた広島駅舎の電灯だけが輝いており、あとは近くや遠くにみえる仮小屋風の家の灯が点々とみえるのみであった。切符売場の窓口で切符を買って貰い、改札口で切符を切って頂きホームへでた。

最終列車なので乗客は少ないと判断していたが、驚いたことにすべて座席は満席で空席は一つもなかった。列車の通路にも人が溢れんばかり乗っていたので、二人は最後尾の列車のデッキ付近に立った。「この列車は終点備後十日市駅行きの最終列車なので間違いのないようにして下さい」などというような車内放送があった。これで、あの不安な状況から解放されたのだと思うと感極まるものがあった。もしも、山縣さんに出会わなかったら、今頃はどうなっていただろうかと考えると、山縣さんとの出会いに感謝せざるを得なかった。最終列車は各駅停車しながら一路、備後十日市駅（現・三次駅）を目指して、真暗い闇の中をひた走りに目的地に向かって走って行った。どういう訳かほぼ中間点である志和口駅では、石炭を追加するのか、それとも単線なので上り下りの列車の擦れ違いを調整するのか分からないが、かなりの時間停車していた。それからまた、いちずに終駅を目指して走り続けた。

駅と駅との間に繰り広げられる闇の中の光景は、遠くに広がる田や山、その間に点在する民家の明かりが童話の絵画世界にでてくるような風景そのものであった。いつの間にか備後十日

三次駅

市駅（現・三次駅）に到着した。駅舎の明かりがやけにまぶしく輝いてみえて、駅前通りは薄暗い電灯が申し分け程度に灯っていた。その夜道を二人で松本家へ急ぎ到着した。松本家では熊ちゃんをみてびっくり仰天したようであったが、山縣さんが一部始終を話され、熊ちゃんも広島市で経験したことを説明した。松本家の皆さんは無事戻ってきたことを大層喜び、とくに泣いて送りだしてくれた公子姉さんは、自分のことのように喜んでくれたのが印象的であった。その後、山縣さんは三次町の自宅に帰って行かれたが、別れ際に「良く勉強し頑張るんだよ」、また山縣家は県史跡の頼杏坪宅のごく近くにありすぐ分かるので「一度遊びにきなさい」といわれた。

頼杏坪についてみると、三次町は比熊山城主三吉氏の城下町として発展し、江戸時代、福島正則の重臣尾関正勝が山麓の小丸積山に居館を定めた。さらに、広島藩の支藩、三次藩が馬蹄形に旭堤を築いて城下町を整備し、三次藩廃絶後は広島藩の郡代の支配下に置かれた。旧館内地区には頼山陽のおじである頼杏坪が三次町奉行であった当時の役宅「運甓居」（県史跡）がある。運甓居の名称は中国晋時代、陶侃が毎朝夕に一〇〇〇枚の敷瓦を運んで他日の労に備えたとの故事にならって、藩儒である杏坪が名付けた。また、杏坪の町奉行在職中に藩内全村に凶作、飢饉に備えての対策として、三次社倉（県史跡）を設置した（前掲書『広島県の歴史散歩』二〇四ページ）となっている。よくよく考えてみれば、山縣さんは「神様かも知れない、そうでなければ仙人だ、若しかしたらお稲荷様かも知れない」（志賀直哉『小僧の神様・城の崎にて』新潮社、一九八〇年、一二〇ページ）と思った。

第五節　再び秋町の集落へ

熊ちゃんは重富父さんと一緒に秋町の亀の甲集落へ帰って行った。これからはどんなことがあっても重富家で生活することを心の中で固く誓った。とくに、熊ちゃんの生活を支えてくれるのは、この田舎の川や空や畑、田んぼ、山、林、森であり、広島市にはない自然であった。広島市では怖い体験をしたが、それを考えるとこの集落は楽園のようであった。食物には困らないし、充分すぎるほど大きな家、親切な田舎の人々、逃げ帰ることができたのは奇蹟的なことであった。もし、縁者の家にいたらどうなっていたか、「買うて来た子供はそれか、いつも買う奴と違うて、何に使うて好いかわからぬ、珍らしい子供じゃと云うから、わざわざ連れて来させて見れば、色も蒼ざめた、か細い童共じゃ、何に使うて好いかは、わしにもわからん」（森鷗外『山椒大夫・高瀬舟』新潮社、一九八〇年、一四七ページ）というような世界が展開していたかも知れん。

さて、重富家は主道路より少しだけ高い所に位置しており、家から眺める景色は丸で風景画をみているような心安まる田園風景が広がっていた。重富家の母屋は田舎風の葺き屋根であったが、白い蔵、木小屋、牛小屋、わら置場、風呂場、農機具置場、農作業場、肥料小屋、味噌・漬物小屋、鶏を飼うだけの小屋施設などのある家であった。このような家で熊ちゃんの本格的な生活が始まるのだが、寝る際には感謝の意を表わすため、心の底から両手をついて、「お休みなさい」をいったものだった。この習慣は一日たりとも欠かすことなく実施した。これは他人から教わったのではなく、自分自身で考えた礼儀作法であったので、長く続けられたのである。重富父さんの話されることはすべて前向きに受け入れた。朝は誰よりも早く起き、囲炉裏に木をセットして火を熾すのだが、なかなか火が付かず苦労した。火が付いたら次は牛用の湯を沸かすため、牛用大鍋を囲炉裏の自在鈎にかけて沸かす。湯が沸いたら牛小屋まで運んで牛の餌として煮た大麦とレンゲ草など干草などを飼葉桶に入れて混ぜ、その上に沸かしたお湯をかけて柔らかくして食べさせるのである。

これらを一緒に混ぜる際、素手で行なうと手を火傷することがあるので、棍棒を使用するが、この棍棒は使う人の身長や腕力の強さに合わせて自分で作るのである。集落では牛は飼育しているが、馬を飼育している農家は一軒もなく、熊ちゃんはとても不思議だと思っていた。それは、東の馬、西の牛という対比で比較的知られているのだが、馬は関東（東日本）に多く、牛は関西（西日本）に多いようである。その事実は農耕の発達と関わりがあるようで、西日本では早くから水田が開かれ、田を耕すために犂が使用されていたが、その犂は牛に付けて引かせたものである。牛による犂耕に合わせて田は細長く、広さも平地では一反歩以下のものは少ない。これに対して、東日本では田の形は一定せず、一枚の面積は五畝を越えるものは多くない。そこで、馬を放牧しながら耕作と放牧を交互に牧畑での粗放な農耕法を基盤として畑作が行なわれたのである（赤坂憲雄『東西／南北考』岩波書店、二〇〇〇年、七三〜七四ページ）。

牛馬は家族と同様、いや家族以上に重要なものであった。牛への飼やりが終ると次に家族のためのお湯を沸かすが、沸かす方法は牛の湯沸かしと同様である。家族には鍋ではなく大きなやかんを使用するが、一年中ほぼ同様な要領で行なう。夏は囲炉裏の代わりに土や煉瓦などで造ったかまど（くど）を湯沸かしや煮炊きに利用する。食事は食器を入れ食事の際に蓋を膳として用いる箱膳をだす。箱膳といっても家族は三人なので簡単にセットできる。箱膳は非常に合理的にできていて、茶碗など洗う必要はなく、各自が最後にお茶などで飲んできれいにするので、手間が省け後片付けも大へん楽であった。だが、食器類など使用したものを水洗いせず、箱膳にそのまま収納するのは、衛生面で若干の疑問も残るが、これも長い間の田舎の習慣とのことで不思議な気がした。これら一連の朝の仕事が終れば学校へ仲間と一緒に行くのが一般であったが、でかけるタイミングが合わず別に行動することもあった。

また、熊ちゃんが重富家にきた時は、戦後間もないこともあり、石油ランプも使用していたので、大へん珍しい体験もした。石油ランプは石油を入れた器に火を灯す芯を入れ、その火屋(ほや)の周囲をガラスで覆ったものである。石油を燃料として燃やすので、石油から煤がでてきて、石油ランプのガラスがすぐ汚れて明かりが暗くなり、適当な時にガラスを磨かねばならない。だが、このようなランプの生活は終り、重富家でも全面的に電灯使用になった。電灯(電球)は使用を一灯しか電力会社に申請していなかったので、一灯しかなかった。そこで、夜になると一灯の電灯を母屋で使用すると電気コードを長くして、要領よく引張って、牛小屋や納屋でも効率良く使用した。だが、それでは生活上、不便なことが多いので二股ソケットを使って、母屋と牛小屋の二か所に電灯を灯して生活した。こような使用方法を取っていたら、ある時、巡回中の派出所の巡査がやってきて、「電灯を一つしか契約申請していないのに、二つも電灯を使用しているのは怪しからん、契約違反だ」というようなことをいわれ、大目玉を食った。幾らかの罰金を取られた上、このような違反はしないという誓約書を書かされた。

すぐに、重富父さんは自宅の周りに植えてある果樹より果物（主に柿）を贈答用にセットして、「この果物を持って、川地村にある巡査派出所へ届けるように」と熊ちゃんに申し付けられた。この集落の警察管轄は志和地駅前通りに面した所にあった。熊ちゃんは贈答用にセットした自宅で収穫した果物を持って巡査派出所へ行った。巡査派出所には家族も住んでいて、上品そうな奥さんが応対されたので、「秋町の重富家からこれを届けるようにとのことで持参しました」といったら、「ご苦労さんです、有難く受け取らして貰います」といわれ、あっさりと受け取られた。もし、受け取られないといわれたらどうしようかと内心びくびくしていたが、非常にうまく行った。それは、川向こうの集落の遠くからわざわざ子どもが使いにきたのだから、気の毒だと思われたのではないかと感じた。今度は秋町に住んでいて、三次裁判所に勤務されておられた裁判官の家にも珍しい秋の味覚なども届けに行ったことがあった。届けた理由は分からないが、賢婦人のような裁判官の奥さんと小学校低学年位の女児が玄関までみえたが、近寄りがたいものがあり、熊ちゃんなんかとは異なる世界に住んでいる人だと想像した。このような付け届けの役割は、重富家を代表して、何故か熊ちゃんが実行した。

6章 重要な労働力の担い手

第一節 労働の担い手と農作業

何しろ、重富家の働き手は重富父さんと熊ちゃんの二人しかいないので、熊ちゃんは小学生であるが、大切な働き手であった。たとえば、冬には熊ちゃんは俵作りに精をださねばならないが、重富父さんは何故か俵編機を一台しか用意されなかった。夕食が終った後、まず夜業として熊ちゃんが俵作りをする。その間、重富父さんは仮眠を取られ、適当な時間がきたら、寝所から起きてこられて、「よろしい交替しよう」といわれたら、熊ちゃんに課せられた夜業仕事は終りである。それから、重富父さんが俵作りを始められるといった具合で、どれほど夜業をされているかは分からない。というのも「おやすみなさい」の挨拶をして表納戸の寝室に入ると、朝まで起きることはないからである。また、春には稲作のための稲種を撒いて苗を育てる苗作り、さらには田をならす田作り仕事は人と牛が一体で実施するが、水田と水田の間の土

重富家

盛などの畦作り仕事は熊ちゃんが手伝った。

日本中に広く水田が普及したのは、弥生時代である。吉野ヶ里遺跡（佐賀県）、登呂遺跡（静岡県）、垂柳遺跡（青森県）などから水田の様子を偲ぶことができる。当時、水田区画も小さく、田に水を引く溝は矢板で囲まれていたし、また稲作も田に直接籾を播く、直播ではなく苗代で苗を作ってそれを移植する。今日と同様な移植形式であったようである（西尾道徳、西尾敏彦著『農業』ナツメ社、二〇〇五年、一四ページ）。米作では苗半作と称するほど苗作り（育苗）を重視する。とくに、種播きの季節は寒いことが多いので育苗には気を遣うのである。まず、種の選抜であり、比重の大きい中身のある種籾を選出する。軽い種籾を除去すると次に発芽させる段階に入る。種籾をひたし白い芽がみえる程度で引き上げる。引き上げた籾は陰干し、水を切った後、育苗箱に播く、ついで苗代作りに入る。耕した田んぼに水を張り、泥水状態にし、泥が沈んで水が澄んできたら、水抜きして田んぼに溝（畝）を作る。その溝に苗箱を置いて上から均等に押える。苗箱置きが終ると寒冷布をかけるなどして保温する。その後、苗の生育具合をみながら水調整して苗を育成する（有坪民雄『コメのすべて』日本実業出版社、二〇〇六年、三〇〜三一ページ）。

一連の水田作業が完成したら、田植えをするのだが、熊ちゃんは苗床から苗を取ったり苗を運んだり、時には近所の人たちと一線に並んで苗を植えた。田植えなどは集落の人が総出で実施するのだが、田植えをする若い女性を早乙女といい、その中で田植えの一番上手な若い女性は若い年頃男性の憧れの的で、結婚申込みが殺到したとのことである。田植えは多くの人が集まり活気があり、この時期の繁忙期は小学校も田植え休暇として、家の手伝いのため休みであった。田植え時には着飾り、太鼓を叩いて盛り上げる花田植風のものもあった。田植えが終れば田別れと称して集落の人が一堂に集って食事などご馳走を食べるのだが、これも集落の人の楽しい行事であった。どこの家でも一様だが、畦には必ず大豆や小豆を植える習慣があり、それらの作物は農家にとって、現金と同じ位貴重なものであった。田んぼの畦に大豆や小豆を植えるのは、熊ちゃんの役目で、その方法は畦に木槌で叩いて小さな穴を開け、そこへ豆を二〜三粒入れ、その上にわら灰をかける。

それは、豆が鳥などに突かれて食べられないようにするためである。夏になり豆の木が大きく葉が繁る頃になると畦にも雑草が生えてくるので、豆の木の生育を助けると共に雑草を牛に与えるため鎌で刈り取らねばならない。だが、未熟にも豆の木と一諸に刈り取ることがあった。「しまった」と悔むが、後の祭り（手後れ）で、重富父さんが見回りされ、「豆の木を切り取っては駄目ではないか」とよく注意を受けた。どのようにすれば、豆の木を切り取らないようになるかを工夫した結果、次第に鎌使いが上手になり、その技術向上は土手の雑草刈りなどに応用された。「鎌の扱い方が上手になったなあ」とだれかれとなく褒められるようになった。熊ちゃんも「鎌使いは他人に負けないぞ」という自信も付き、草刈りに行くのが楽しみとなった。また、畦や田んぼ、土手にはトノサマバッタ、クルマバッタ、オンブバッタ、イナゴなどの昆虫、アマガエル、ヒキガエル、トノサマガエルなどの蛙、時にはアオダイショウ、シマヘビ、アオヘビなどの蛇に出会った。

さすが、蛇に出会った際は心臓が止まるほどびっくりしたものである。中でも昆虫オケラが何となく好感が持て、オケラに出会うと力が湧いてくるようであった。だが、同じ昆虫でも母屋の縁の下の暗い所にいるおじいさんが背を曲げたようなひげの長いカドウマだけは気味悪く馴染めなかった。これら色々な昆虫を観察しながら空想に耽ったものであった。田んぼの仕事は畦の草刈りだけでなく、水田の雑草取りも大きな仕事である。田んぼの草取りは炎天下の重労働で、何時も手が抜けないものである。これは、単に除草するだけでなく耕起も同時にする仕事で、中耕作業というものである。その作業は稲株の間の土表面を深く耕す作業で、土中に酸素を効果的に供給する効果がある。雑草防除機には中耕除草機を用い、稲が根づき幼穂が形成される前の時期に除草と同時に実施する（前掲書『農業』八〇ページ）。

このように水田の雑草防除には、人の力で押して使う中耕除草機を使用するが、除草機には二列に羽根車がある二連用と一列に羽根車がある一連用がある。力の強い大人は二連用、比較的力の弱い子どもは一連用を使用する。慣れるまでは使用に戸惑うが、慣れてくると子どもでも結構上手に使うことが可能である。多くの田んぼを完全に除草するのは大へんで、相当な労働時間を必要とする。だが、除草機だけで完全に田んぼの除草は無理なので、田んぼの中を這いずり回って手作業で除草する以外はないのである。当時、除草剤といったような気のきいた薬があったかどうか分からないが、一般に農家では除草剤というような薬品を使うことなく、そのような薬の存在すら知らなかった。それ故、田んぼにはタガメ、ミズカマキリ、タイコウチ、ゲンゴロウなど多くの水中生物が生息していた。これらの生物を観察したり、捕ったりして、興味深い時間を持った。

田んぼでの草取りは最終的には水田の中を這いずり回る手作業なので、川などで泥を落とす必要があったが、泥落しのついでに水泳ぎの楽しみができた。だが、近くの川まで行くには竹藪を通り抜けなければならず、通り抜けの途中で藪蚊に刺されるのには閉口した。川原にでると、時折、山窩と称されるおじさんに出会うことがあった。その山窩とは箕や籠を作って売り歩くのを業としている人々で、竹細工の材料は観音笹と称される自由自在に編めるしなやかな竹で、この竹のある場所を求めて河原などを移動する。一般的には山窩の人々は一所不住の漂泊の民であるというのが伝説となっているが、山中に小集落を営んで住んでいるのである。また、山窩の人々は大抵は、夏冬のみに規則的に移動し、他はなるべく集落を変えることなく定住しているとのことである。そして山窩の人々は川や沼で魚を捕ったり狩猟したりする。季節的に巡回して箕作り箕直しをする故に、一般の農家と接触して穀物を入手する多くの機会もあったといえる（谷川健一『柳田国男の民俗学』岩波書店、二〇〇一年、二〇〜二一ページ）。

前述した水泳ぎといえば、集落の子供たちは今日では考えられない位、ゆったりとした生活をしており、気持ちも大らかで、小学校低学年位までは男女とも裸で泳いでいた。だが、小学校中学年位になると、裸では体裁が悪く、格好も悪く、恥しいことであると感じるようになり、女子はパンツ、男子は六尺褌で泳ぐようになった。熊ちゃんは泳ぎや飛び込みを得意としていて、高い岩の上から深み（通称河童淵）に向かって、飛び降りたり、危いと思われるような飛び込みもした。これは、熊ちゃんの生来の無鉄砲さが、このような行動を取らせたのであろう。

第二節　野良仕事と米の出荷

夏から秋にかけて水田の水管理は大へんなもので、この水管理は熊ちゃんの仕事であった。もともと、水稲は沼辺を好む植物であるが、全生育期間中を湛水の下で経過すると根腐れになりやすく、健全な生育は無理である。収量を上げるには、随時に地表を空気にさらし、根に酸素を与える水管理が重要となる。また、水管理の中で最重要なのは、稲の穂がでる時期に必要な水（穂水）を与えることで、稲が低温に弱い、この時期にできるだけ深い水にしてやると、幼穂を寒気から守ることができる。また、花水は出穂直後、開花期に湛水することで、この時期に田んぼが乾くと開花が阻害され、開花しない不稔籾になることが多いので注意を必要とする（前掲書『農業』八四ページ）。そこで、如何にして水田（田んぼ）に水を引き込むかである。それは、最初の水田に水を引き込む、そして次の水田に水を引き込む…というように順々と水田に水を引き込むのだが、全ての水田が重富家の所有ならば問題はない。

しかし、他人の水田と隣接していると、時としてトラブルの種となり、水を巡る騒動の原因となる。水管理は熊ちゃんに任されていたので、水管理に気を緩めることはできない。もし、それを怠ると、「水田に水が入っていなかったぞ、どうなっているのか」などと叱られる。無理を承知で水田が乾かないように水を引き込まねばならない。その行動をみた隣接した水田の持主は、「重富さん家の貰い子はどうもならん、油断も隙もない奴だ」、「悪知恵の働くずる賢い子どもだ」など噂する人もいた。水は一部は溜め池からであるが、大部分は川からポンプで汲み上げられて、各々の集落の農家に分配される仕組みになっているので、川の状態も知ることも大切で、何度もポンプ小屋のある現場をみに行った。また、ポンプ小屋管理の当番が当っている時は、川の状態や機械の状況など重富父さんに報告したのである。

さて、稲に穂が付き、収穫期になると稲刈りの作業に入る。稲刈用の鎌は刃先が幾分のこ切り状になっているが、鎌を使うのを得意としている熊ちゃんは問題なく、下手な大人に負けないほどの作業をした。稲刈期には朝、昼、三時、晩飯というように四回程度の食事が必要な位の重労働であった。三時の中間食には家には帰らず、田んぼで食事を取ったり、水やお茶などは仕事中は、やかんの口から直接飲むラッパ飲みをした。一日中、田んぼの中にいるので、用足し（大小便）も野良で済ますことになるが、野良での経験のない熊ちゃんは用足しは厠でするものであることを教えられていた。それ故、重富父さんに「用足しに行ってきます」と告げたら、「大か小か」と聞かれたので、「小の方です」と応えたら、「そこらの田んぼの端隅でやってこい」といわれた。田んぼは神聖な場所と教えられていたため、奇異に感じた。だが、牛糞、馬糞、さらには人糞を田んぼに肥料として入れることを思えば、納得できることである。

田んぼでの用足しは男女を問わず野良で行なわれていた。稲刈りが終ると、その稲を束ねる結束という作業があり、それが終ると結束を田んぼで干すのだが、そのためには結束した稲の干場が必要となる。つまり、田んぼに丸太木を持ち込んで干場を作り、干場が完成すると稲を干して乾燥するための稲架作業が始まるが、その作業は重富父さんと熊ちゃんとの共同作業で行なった。重富父さんが稲をかける役で、熊ちゃんが稲束を渡す役目をする。稲束が乾燥するのには若干の日数がかかるが、乾燥した時期を見計って納屋に運ぶのである。その稲束は背負子で背負って運ぶのだが、その仕事はとても苦しいもので、この稲束が多ければ多いほど重くなり、腰が割れるほど痛いのだが、どんなに辛くても無心に背負った。「あまり無理をすると背の伸びが悪くなるよ」と近所の人がいっていた。稲束の収納が終っての脱穀には、その準備や天候などの関係で時間がかかる。

丁度、この頃になると重富家の親類がある青河村（現・三次市）で秋祭りがあり、重富父さんの代理ということで、「秋祭りに行ってこい」といって一時、仕事から解き放された。久しぶりの外泊だったので、何ともいえない気持ちとなった。重富家と親戚関係にある青河村の米村家には、県立広島工業学校（現・高等学校）へ通学されている兄さんがいて、日頃滅多に聞くことのできない貴重な話を聞き、有意義な時間を過ごすことも大きな目的であった。また、夜には八幡神社の田舎芝居や神楽など見物に連れて行って貰った。そしてあくる日の朝早く、沢山の土産品や米村の兄さんの用済みの書物など頂いて重富家へ戻って行った。秋祭りから帰ってから多忙を極める仕事が待っていた。それは、納屋に収納しておいた稲束に付いている稲穂（穀粒）を取り離す脱穀の仕事で、その実施は足踏式回転脱穀機で行なう。この脱穀機を考案したのは、明治時代末期の三次町の発明家河野駒一で、その人は各地に工場を設けて製作普及に努力したのである。これは、江戸時代以来の千歯稲扱器（数十本の鉄片櫛を歯状に並べて、台に固定し、これに穂を挟んで籾をしごき落す）の代替となるもので、生産の画期的向上を促進させた（前掲書『三次の歴史』二八一～二八三ページ）。

千歯稲扱器ならば子どもでも簡単にできるが、足踏式回転脱穀機を子どもが一人で行なうことは無理である。だが、脱穀機は足踏みにより回転させる農機具なので、回転踏みの動力源になることはできる。大人一人でも片足で足踏みしながら、脱穀は可能だが、足踏動力を子どもにやらせると疲労も少なく、しかも持続的に作業することができる。その足踏みの動力の役割を熊ちゃんがやった。脱穀機による脱穀が終れば穀粒を選別する農具、羽根車により風力を生じさせ、それによって穀やごみなど吹き飛ばして、穀粒だけを取りだす唐箕を使用する。その風力を生じさせる動力は足でなく手でやるが、その手動力は熊ちゃんが実施した。これは楽な仕事であったが、羽根車の回転は穀粒の出方により少々工夫が必要となる。その回転速度の適正化は、重富父さんが「もう少し早く」とか「もう少し遅く」とか「その調子だ」など指示された。その指示によって、手で回転させる速度を調節するのである。唐箕だけでは完全に穀粒にならないので、その場合は穀粒を入れ、あおってその中のごみを振るい分ける農具である箕を使う。

箕には形状によってU字型に開いた籾穀が片口先側で飛ばされる片口箕と、円形の丸口箕で籾穀を外に飛ばす丸口箕の二つの種類がある。素材は竹・樹皮などが複雑に織り込まれ多様な姿形を現わしている。このような形状や素材の多様性により、地域ごとに個性的な箕がみいだされ、多彩なものになっている。素材面からは箕の地域性があるものの全国的には竹を素材とする箕が多く、青森・岩手などのまたたびや柳のあま皮を用いた箕、秋田の板屋楓の箕、中国地方の山間部では杉や檜で作る板箕がよくみられる。そして、北日本、東日本、西日本の全域では片口箕、南日本では丸口箕という二つの大きな分布域が確認できる（前掲書『東西／南北考』一六～二六ページ）。亀の甲集落では殆んどの農家が片口箕を使用しており、いうまでもなく重富家でも片口箕を使用していた。この箕によって籾穀などが除かれる。籾穀が除去された穀粒は、稲わらなどで編んだござの上に載せて天日干しする。天気の良い日に母屋の前庭に広げて乾燥させるのだが、太陽を利用するので、太陽が雲に隠れてしまうと穀粒の乾きが悪くなり、時に俄雨が降りだしたら、それはそれは大へんである。

それ故、その日の天気予報を知っておく必要があるが、重富家にはラジオなどなかったので、風の吹き方や雲の動きをみて判断する。穀粒の天日干しはこのように天候次第なので、一日や二日で終る仕事ではなく、幾日も続くことがある。ほぼ、これで良いというような乾燥状態になると、次は天気の良い日を見計って、籾から籾殻を取り除いて玄米にする必要がある。それは農協などに運び込むためには玄米にする必要があったからである。その玄米にするには籾摺機にかけるのだが、重富家には籾摺機はなかった。籾摺機を所有しているのは、大規模農家のみで中小規模の農家が持っているのは、きわめて稀であった。そこで、籾摺機を持っている農家に頼むことになるが、それはその農家の都合次第ということになる。籾摺機の都合が付けば熊ちゃんは、朝から晩まで独楽ネズミのように忙しくなる。

次に、籾摺りの作業により籾が取り除かれただけの玄米は、俵に詰めて農協へ運び込むことになるが、その前に計量の仕事がある。玄米は一斗枡（一〇升）で計量して俵に詰めるのだが、その一斗枡で計量するのは熊ちゃんの役目で、量が少なすぎても多すぎても問題となり、大へん神経を使う作業である。計量された一斗枡を持ち上げて俵に詰めるのは重富父さんが行なう。俵詰めが終了すると玄米俵を農協に運ぶのには荷車（大八車）を使用する。荷車に玄米俵を積んで運搬するのだが、かなりの距離があった。玄米俵を積み終ったら、重富父さんが荷車の握り手（ハンドル）を操作し、万が一運搬中に荷崩れして玄米俵が落下しないように見張りながら、熊ちゃんは荷車を押すというような型をとった。

荷車といえば、戦中、戦後の困難な時代を生き、農村の布野村（現・三次市）の人たちを中心に連帯のありようを飽くことなく表現し、日本の暮らしに人権と民主主義を深めんと、大きな感動を与えた『荷車の歌』(山代巴作品)を思いださせる(広島県三次市編「山代巴記念室」広島県三次市)。その後、「結成して間がなかった農協婦人部は、全国に呼びかける一〇円カンパによって『荷車の歌』を映画にして、山奥深くまで上映すること」(山代巴『霧氷の花』〈囚われた女たち第一部〉径書房、一九八〇年、三四三ページ)にしたのである。さて、こうして懸命に重富父さんらが玄米俵を農協に運び込んだとしても、すぐに米代金が入るわけではなかった。

第三節 物々交換と獣・川魚を食す

米俵を供出しても米代金が即座に農家に入るわけではない。代金が入るまでは、物品を購入する際は、米や麦、大豆、小豆などの品物を行きつけの商店へ持参して、欲しい品物と交換するという物々交換を行なった。物々交換とは「生産物と生産物とが貨幣を仲立としないで交換されること」(都留重人編『岩波小辞典経済学』〈改訂版〉岩波書店、一九六三年、一七三ページ)である。買物に行くのは熊ちゃんの役目で、何時も行く商店は錦橋の袂にあった万屋であった。万屋は一般的に田舎の地域社会にある独立小売店で、きわめて古い起源を持っている。取り扱い商品は多種多様に及ぶが、主として食料品、日用雑貨、衣料品などの最寄り品や農業用品などである。交通不便な地域において、万屋の果たした配給機能の役割は大きいものがあった（深見義一編『増補マーケティング辞典』中央経済社、一九七八年、二四五ページ）。だが、子どもながらに現金を持たずに、現金の代わりに袋の中に米や小麦、大豆、小麦など詰めて万屋へ行くなどは想像したこともない経験であった。

その上、持って行く袋は様々な布を継ぎ当てした、紐で口を締めるといった巾着袋で、この袋を下げて万屋へ行くのだが、とても気恥ずかしい肩身の狭い行為のように感じた。この万屋には同級生などがいなかったので、その分だけ気まりの悪さから逃れることができた。だが、最も気まり悪いという気持ちを抱いたのは、同級生の昌くんのいる店へ行く時である。昌くんの家は豆腐屋で豆腐関係の商品を製造・販売している家内工業的な店である。

豆腐とは、大豆の汁（豆乳）を固めたもので、大豆の蛋白質には二価のアルカリ金属塩と反応して凝固する性質がある。凝固剤に塩化マグネシウム、硫酸カルシウムなど使用するのは、大豆の蛋白質が酸で凝固する性質を利用したものである。このように固まった豆腐は幾つかの種類に分けられるが、それらは木綿豆腐、絹ごし豆腐、ソフト豆腐、充填豆腐、焼き豆腐などである。今日では絹ごし豆腐を四角にせずに丸容器に寄せ込んで造る寄せ豆腐や、小型のざるに入れて水分を取ったざる豆腐、黒豆など色の付いた大豆を使った、色付豆腐などが商品化されている。また、豆腐を原料とした生揚げ、がんもどきなどがある（仁藤齊『豆腐』農山漁村文化協会、二〇〇〇年、二八ページ)。

豆腐屋での買物も万屋と同様、大豆などを巾着袋に入れて持参し、豆腐に加工して貰うのだが、加工賃やサービス料金として余分に大豆を持参する必要があった。豆腐屋での買物も物々交換であったが、ここで注目されるのは、豆腐を作る時、豆乳を絞った後のおから(うの花)で、このおからは食用にも飼料にもなるので、大事な食用品として持ち帰った。このおからにシイ茸、昆布、竹の子など入れ鍋やフライパンで油炒めすると美味しい食べ物となり、子どもでも簡単に作ることが可能であった。だが、プロ級の料理上手の重富父さんの作られるおから料理は美味しく絶品であった。また、重富父さんは料理だけでなく、狩猟のできる狩猟免許も所有されており、猟銃も幾つか持っておられた。昔の火縄銃や鞘に入った素槍が鴨居にかけてあり、子どもながら気味が悪くなるほどの三次人形も置いてあったのである。三次人形は粘土を型取り整型して素焼きし、胡粉をかけて、着色した土人形で、白磁のような艶のある美しい顔が大きな特色とされている。

それらの人形は男物(武者像)、女物、天神の三つの種類に大別されるが、このほかに金太郎の人形も造られている。三次人形の起源は江戸時代の寛永年間(一六四二〜四四)頃と伝承されており、明治・大正時代(一八六八〜一九二六)には、この地方の三月の節句の贈物とされている。三次の特産品として知られており、節句に合わせて人形市も開かれ繁盛しているが、明治時代から三次人形の窯元は丸本家の窯だけとなっている（前掲書『広島県の歴史散歩』二一五ページ）。三次人形は県無形文化財となっており、三次藩主浅野長治が江戸から人形師を連れ帰って作らせたのが始まりで、伝統ある素朴で気品のある人形で子どもが生まれると贈る風習があった（三次市観光キャンペーン実行委員会編『三次ガイドブック』三次市産業部商工観光課、二〇〇九年、一四ページ）。

前述した狩猟の件だが、狩猟が解禁となると重富父さんは、狩猟仲間と山に入り獣などをよく捕獲された。獣の種類は狸や野兎を最も多く捕ってこられたが、その中には何故か狐はいなかった。獣の中でも鹿や猪を猟銃で仕留める時は、腕の良い狩猟仲間でチームを組んで、数匹の猟犬を引きつれてでかけられた。

仕留めた獲物は狩猟仲間で平等に分配するが、その分配場所は重富家の家の中にある土間庭であった。仕留められた獣をみるのは、仲々勇気のいることであったが、さらに勇気を要したのは、この獣を食べる時であった。獣の骨付き肉を食することは、とても耐えられない思いとなるが、重富父さんは何とかして立派な体格の子どもにしたいと考えて沢山食べるよう勧められた。その親心は有り難いことであるが、獣の顔が浮んできて、心の底から喜んで獣の肉を食べる気にはなれなかった。記憶では牛肉とか豚肉といった市場で売っている一般的な肉は食卓に載ることはなく、鶏肉も自給自足で自家用に飼育している鶏を捌くのである。鶏を捌くのは熊ちゃんが主役的役割を果たすのだが、小さな動物といえども自分で飼育している鶏を処理するのは、とても勇気が要ることであった。

また、重富父さんは魚捕りの名人で、河川で魚を捕る特別な許可証を取得されていた。魚はアユが最も多かったが、その他ウナギ、ナマズ、ハヤ、コイ、フナなど捕えて食べさせて貰った。重富父さんはことに魚を食するのが好きで、川の魚、海の魚の区別なく好んでおられた。それ故、祭りや盆・正月などは海の魚を買って食べさせて頂いた。魚は魚屋で買うというより行商人（あきんど）から買うことが多かった。海の魚ではサバ、サンマ、サケ、ブリ、タコ、イカ、ワニなど食べることができた。とくに、珍しい魚としてワニがいた。三次市、庄原市、双三郡などの中国山地周辺では、ワニを刺身で食べる習慣がある。ワニとは爬虫類のワニではなくサメのことをいい、一般的に秋から冬にかけて食べられているが、ことに秋祭りなどには馳走としてなくてはならないのである。このような習慣は、明治時代後半の島根県太田市辺りのフカヒレを目的としたワニ漁の飛躍的な増加と関係しているようである。

ワニはアンモニア分が多く、日が経過しても比較的に腐敗しにくく、色や舌触りがカジキマグロなどに類似している故、マグロの代用品として刺身で食され、江戸時代の銀山街道を通って盛んに三次地方へ運ばれたのである（前掲書『広島県の歴史散歩』二一五ページ）。三次は山陰と山陽を結ぶ交通の要として、古くから栄えた町とはいえ、中国山地の真ん中に位置するため冷蔵技術が未発達だった時代の海の魚は貴重なものであった。もっちりとした独得の舌触りに淡白な味わいの身は、不思議な感覚が口の中に広がる。最もオーソドックスな食べ方は刺身だが、酢味噌に付けて食べる湯引きは昔から親しまれていた。その他、寿司や揚げものなどの料理も楽しめる。いずれもさっぱりとした癖のない鶏肉みたいな味がする（広島県観光連盟編『広島さんぽ』広島県観光連盟、春三〜五月、二〇一〇年、一八〜一九ページ）。熊ちゃんは、殊の外、ワニの刺身が好きで、重富家でもワニの刺身が好物とみえて、鮮度のいいものを沢山購入されたので、たら腹食べることができた。日頃の食生活は質素で副食は野菜中心であった。だが、多くの農家が大家族のため麦飯を食べていたが、重富家は贅沢にも白米を食していた。「他の農家では麦飯であるが、うちでは白米飯を食べさせているので、感謝して頂かねばならん」といわれていた。それは大へん有り難いことで深く感謝する次第であった。

7章 創造的時間としての日常作業

第一節　麦踏みと風呂焚き、薪作り

重富家の主な収入源は米作であったが、少しでも収入源を確保するために裏作として、大麦や小麦の栽培をされていた。麦は冬作に向くイネ科作物である。世界的にも米と並ぶ重要な作物で、日本では夏には米、冬に麦を作って田んぼを一年中使用していた。高く売れる米は出荷し、多くの農家では麦飯を食べてきたのである。日本が豊かになるにつれて麦飯は消えたが、近年健康食として見直され、積極的に食べる人も増えた。だが、飯食以外の形で日本人は今でも大量の麦を消費している。パン、うどん、ビールなどの食品は麦を原料にして作られている。麦には小麦、大麦（皮麦：二条、六条、裸麦：二条、六条）などの種類がある。日本だけでなく世界的にみて需要が多いのが小麦である。これはパンを作るのに使用されるのであり、日本はパンのほか、うどんなど麺類にも沢山使用されている。大麦は小麦に比べると生産は落ちるが、醤油や味噌などを作るのに根強い需要を保っている。麦飯になるのは大麦である（前掲書『コメのすべて』一七〇〜一七一ページ）。

これらは稲田が終るとすぐに麦田にして種を蒔き、秋に芽がでて冬を越し、春を経て結実する。その麦は現金収入を得ることが主目的であるが、牛を飼育していたので、牛の飼料として使用されていた。そこで、丈夫な麦にして沢山の収穫を得るために芽がでたところを足で踏み付けて、麦の根張りを強くする麦踏みという作業をした。麦踏みは子どものような体重の軽い人間の方が相応しいのかどうか分からないが、麦田に行って麦踏みを実行した。熊ちゃんが「寒い寒い」といって縮こまっていると「子どもは風の子だ、農家の暖炉は外の田畑にある」、「麦踏みでもやってこい」とよく重富父さんから激励されたものだった。その他、重富家は畑も所有されており、少しずつであるが、ニンジン、キュウリ、ピーマン、ナス、キャベツ、白菜、広島菜、ゴボウ、チシャ、ジャガ芋、サツマ芋などの野菜物を自家用に作っていた。

畑を耕して野菜作りや草取りなどの管理の仕事は、熊ちゃんの守備範囲であった。作物でも根菜類の管理は大へんで、とくにゴボウは根を深く地下に伸ばすので、成育した時、掘りだしやすいように畝作りすることが大切である。収穫作業としてゴボウを掘る折、途中で折れると「もっと慎重にやらんと駄目じゃないか」などと注意されたりする。また、サツマ芋掘りも大へんで、芋掘りには鍬を使うが、鍬を上手に利用しないと芋を傷付けるので細心の注意が必要となる。だが、注意を払っても、実際には幾つかの芋に鍬が刺さることもあるので、そんな際にも注意を受ける。それは、傷付けた芋は傷付いた部分から腐ってしまい保存ができなくなるからである。とくに、サツマ芋は年中食べる大切な食糧なので、腐らないようにする必要がある。その方法として、籾殻小屋の中の籾殻箱に入れて収納するが、サツマ芋は貴重な食べ物で生でも、煮ても、焼いても、蒸しても、湯がいても、干しても、どのようにしても食べられ、主食でも副食にでもなるすぐれた食物である。

また、熊ちゃんの仕事として、毎日、風呂を沸かす風呂焚きの作業があった。風呂を沸かすには井戸から井戸水を汲み上げ、風呂釜に入れる労働である。風呂釜は一般に五右衛門風呂といって、鉄釜を据えて下から火を焚いて、直接沸かす風呂で、入浴する折は、浮いている底板を踏んで沈めて入る式のものである。だが、その風呂釜に水を入れるのは一苦労である。まず、縄の先に桶（釣瓶）を結び付けて、その釣瓶を井戸に投げ入れて、操作して汲み上げるのだが、なかなか釣瓶の中に水が入らない。仮に、上手に水が釣瓶に入って、釣瓶で水を汲み上げても、井戸の横側にある板上の釣瓶置場に置く際、少しでも気合いを抜くと、そのまま井戸の中に釣瓶を落したりする。また、釣瓶置場に上手に置いたとしても、ひっくり返して、洋服をびしょびしょに濡らすことが、しばしばあった。風呂の水汲みの悪戦苦闘の時間もすべて成功裡に終了して、風呂釜に水が満杯になると、いよいよ風呂焚きである。

その風呂焚きこそ、熊ちゃんの完全な自由時間で心安まる充実した一時であり、その時間には読書したり、学校の課題に取り組んだりした。その上、いい加減に風呂が沸いた頃を見計って、風呂の焚口からサツマ芋をほうり込んだ焼芋にして食べるのは至福の時間でもあった。そして、薪の燃えた後の炭は、冬などには陶製でできている個人用の置炬燵に入れて利用する。また、家庭用には床を切って炉を設け、炬燵櫓を置いた掘炬燵に入れる。少々火の点いている木炭でも消壺に入れ、消し炭にすれば、完全なる炭火燃料とすることができる。炭火燃料となったものは俵へ移し、保存するが、消し炭は火点きも良いので火種として使える。風呂沸かしなどには薪作りが欠かせないが、これも大部分は熊ちゃんの仕事である。小さな枝や小さな木の薪割りは、鉈や鎌や斧および鋸を使って簡単にできるが、大きい木の処理は重富父さんがされた。

しかし、大へん困難なことは持ち山に行って、薪作りをし背負子を使って、急な山道の坂を下る時である。足が笑うという表現があるが、高い山で急坂を降りる際、足ががたがたと笑えるほど震えて、思うように坂を降りることができなくなることがある。そんな時、足の震えを止めるには、「坂の途中で幾度となく休息すれば止む」といわれ、その通りに実行したら足の震えが止まった。下山した所に若干広くなった薪置場があり、薪がまとまると、大八車に載せて木小屋に収納する。その薪は風呂や囲炉裏、くど（かまど）などに一年中にわたって使用する。

第二節 ♣ 牛の飼育と飼葉切り機

牛に与える餌は雑草を乾燥させたものが主で、中でも四〜五月頃に紅紫色の花を付けるレンゲ草であった。レンゲ草は牛の飼料用としてだけでなく、緑肥用として使用する。重富家ではレンゲ草を飼育用に田んぼで栽培されて、それを刈り取ってきて、自然乾燥させて年中牛に食べさせていた。レンゲ草は麦藁や稲藁と同様に大切なもので、大部分は麦藁・稲藁と混ぜて与えた。この仕事は熊ちゃんの重要な仕事の一つであった。時には遊び呆けて、牛に与える飼料が用意されていないことがあり、牛が空腹で「モーモー」と大きな声をだしていることがある。こんな時、重富父さんに烈火の如く叱られ、「今日の晩飯は抜きだ」などといって食べさせて貰えないことがあった。その際、裏隣に住んでいる光子姉さんが馳け付けてくれて、「まだ、子どもじゃないですか、そんなことは子供ならありますよ」、「この辺で許してやったらどうですか」などいって仲介してくれた。

重富父さんが頭にきて許して貰えない時は、光子姉さんは、密かに自宅に連れ帰り、にぎり飯など作って食べさせて頂いた。どれほど光子姉さんにピンチを救って貰ったか分からないほどで、感謝しても感謝しきれない。重富父さんが憤慨されるには、それだけの理由があり、牛は家を支える大切な収入となる源であった。時に牛や馬の売買を業とする馬喰が重富父さんのところにきて、子牛の値段について会話されているのを聞いたことがあった。そこで初めて牛の重要性を理解することができた。重富家で飼育している牛の種類は黒毛和種と呼称され、褐色がかった黒色の毛並みを持ち、肉質の良さ、霜降り（脂肪交雑）が大きな特色である。かつては中国・近畿地方を主生産地とする役用牛で、一九六〇年代前半までを主産地としていたが、一九六〇年代後半頃より肉専用種として研究改良が重ねられた結果、現在では日本だけでなく世界各国でも高い評価を受け、国内で飼育されている肉専用種の九〇％以上を占めている。

その他の和牛として、ヘルシーな牛肉として赤身が多く脂肪分の少ない熊本県、高知県で飼育されている褐毛和種、肉質は軟らかく風味豊かな山口県で飼育されている無角和種、肉専用種で岩手県、青森県、秋田県、北海道で飼育されている日本短角種などがいる（八木宏典著『プロが教える農業のすべてがわかる本』ナツメ社、二〇一〇年、一六一ページ）。そして、ある日、農家から購入した沢山の牛を連れて、早朝の夜が明ける前頃、重富家の崖下の道路を通って十日市町（現・三次市）の牛市場へ行くのをみかけた。同級生で勉強の良くできる敏ちゃんの家は牛関係の仕事をしていて、大へんな分限者（金持）であると聞いている。また、農家で飼育される肉用牛の繁殖牛（雌）は、生後一四か月ほどで種付けが行なわれ、妊娠から約一〇か月後に出産する。その後も牛は種付けと出産を繰り返すが、牛一頭当り出産回数は七〜八回程度となる。

生まれた子牛は母乳で育てられるのが一般的であるが、子育て放棄の母牛もおり、その場合は人工哺乳が用いられる。肉用牛の子牛は三～六か月で離乳し、体重が二八〇キログラム程度になる子牛は農家を離れ、牛市場で販売される（同上書、一六三ページ）。子牛を販売した代金で農機具や屋敷の修理や生活物資など購入し、家族全員が幸せに生活できるのであり、それはすべて牛のお陰なのである。それ故、牛の飼育は最優先仕事であり、不注意や軽率なことがないようにすることである。そこで、牛に与える餌にも細心の注意を払う必要がある。牛が餌を食べやすいように、乾草、麦藁、稲藁などの飼葉は短く切る必要があり、それには飼葉切り機（藁切り機）を使用する。飼葉切り機の調子が良い時には問題はないのだが、時々、調子が狂い飼葉が切れずに溝に填まることがあり、どうにもならなくなる。そして、溝に入り填まった飼葉を溝から取り除くためにもがいている折、つい手が滑って飼葉切り機の刃が上から落ちてきて、左手の親指の根元を傷付けてしまったことがある。

多くの出血があったので、指が切断されたのかと一瞬驚いたが、指は切断されていなかった。だが、傷は骨まで達しており、すぐさま畑の血止め草を採って指傷にぐるぐる巻きにして、血を止め保護した。このようなことが何度かあり、人差指にも二か所の切傷があるが、幸いなことに左手であったので、その後の作業には全く不都合なことはなかった。このように、時々は怪我をしたが医者にかかったことは皆無であった。また、牛を大事にするには牛が気持ち良く休息できるようにしなければならない。それには、牛小屋の寝床に枯草や藁を敷く必要があり、そのため飼葉切り機とは異なる大型の押切り機を上手に使って枯草や藁、時には柔らかい緑葉の付いた小枝を適当な長さに切る必要がある。この大型の押切り機の刃先は下側にあり上を向いているので、刃先が落ちてくることはない。それ故、飼葉切り機のように指を切って傷付けたりすることは防げる。しかし、枯葉や藁の場合は柔らかいので、あまり力は要らないが、まだ枯れていない緑葉の付いた小枝を切る際は、相当の力が必要となる。

そのような小枝を切断する折には、体重のすべてをかけて、つまり押切り機の取手側にぶら下がるようにして、全重量を載せるのである。押切り機を上手に操作するには、あまり多くの枯葉や藁、小枝など押し込んで噛ませないことである。ついつい、早く作業を終了したいという気持ちが沢山のものを噛ませるのである。さらに、牛が清潔に過ごすには、牛によって踏まれた枯葉・藁・小枝が排泄物（牛糞）で汚れた寝床を取り替えてやる必要があるが、この作業は重富父さんと共同作業した。まず、牛を外へ連れてでて、外の田んぼに柱を立てて、その柱に牛を繋いでおき、その上で牛糞などで不潔になった寝床の敷き藁など取りだし、それを田んぼに堆積して堆肥を作るのである。なぜ、堆肥を作るかというと、それは藁、落葉、野草などの材料には糖、セルロース、蛋白質など、微生物の餌となる成分が沢山含まれているのである。藁などを土壌に施すと、すぐ餌となる成分を食べ微生物が爆発的に増殖し、この時期、作物に様々な害が発生する。そこで、材料を数か月以上も堆積して、餌となりやすい成分を分解させ

牛小屋

れば、微生物の呼吸によって堆肥の温度が八〇℃近くの高温になり、雑草の種子、作物の病原菌も殺すことができる。これが堆肥なのである（前掲書『農業』九八〜九九ページ）。

農家にとって堆肥ほど良い大切な肥料はない。それは、まず二本爪の付いた股鍬で牛が踏んで固くなった枯草や藁などでできた寝床を解ぐすことから始めるが、それは大へんな仕事であった。そして、解ぐした汚物（牛糞など）を背負子に入れるのは熊ちゃんの仕事だが、その汚物を田んぼに背負って行かれるのは重富父さんの役目である。次の背負子に入れた頃、重富父さんは牛小屋に戻られ、また背負って行かれる。熊ちゃんの仕事は固形化した汚物を解ぐし、その汚物を背負子に入れ、背負いやすいようにして背負子を背負わすまでの一連の作業をすることである。そして、すべての作業が終了すると、次は新しい稲藁、枯草などで牛の寝床を作り、田んぼに繋がれている牛を連れ帰り、牛小屋に入れてやる。何となく牛も喜んでいるようで、仕事はとてもきつく疲れるが、仕事が終って牛をみていると良いことをしたという気持ちになる。「牛も気持ち良さそうであろう」と重富父さんはいいわれていた。

第三節　秋の収穫と保存

秋になると、山へマツ茸、シイ茸、シメジ茸、その他タニワタリ茸、シロッコ茸、クロッコ茸などの茸狩りに重富父さんと一緒に行った。これら採取した茸は籠に入れて背負って歩くが、一杯になると結構な重さになる。重富父さんは茸の生えそうな場所をよく承知されており、熊ちゃんにもそれらの場所をしっかりと覚えておくようにいわれた。採取してきた茸は、むしろに拡げて仕分けし、種類によっては乾燥させて保存用とし、年中食べられるようにした。保存用に適さない茸は生のうちに食する。また、重富家には多くの柿の木があり、贈答用に用いる高級な柿から家庭で食べる普通用の柿まで様々にあった。秋の風景といえば、山里の柿がたわわに実る風景が浮んでくるが、亀の甲集落でも同じような光景がみられた。

柿は日本が原産ではなく、実は中国が原産地で、日本には奈良時代に入ってきたとされている。だが、中国よりも日本の気候に適していたので、自然交雑や品種改良などが進んで、沢山の品種が各地で生成し、栽培されるようになった。

果樹や果実として柿が初めて登場したのは平安時代とされているが、江戸時代になると園芸が盛んになり、柿が普及するに従って、必ず農家の庭先には植えられるようになった。柿は甘柿と渋柿があるが、柿は渋柿が元祖で遺伝子が優性であるが、そこから甘柿が生成したようである。常に甘くなる甘柿を完全甘柿といい、富有が代表的な品種である。日本に存在する柿一〇〇〇種のうち、完全甘柿はほんの十数品種のみだが、完全甘柿は品種が少ない上、遺伝子的にも劣位である。甘柿を生で食べ始めたのは歴史的に新しく、ごく最近である。なお、渋柿は熟してから食べたり、干柿にしたり、脱渋して食べる（出町誠『カキ』日本放送出版協会、二〇〇七年、六〜一〇ページ）。重富家にも渋柿の木があり、渋柿は皮をむき縄などに吊るし、吊柿（干柿）を作り、またむいた皮は片口箕などに入れて乾燥させて、間食などに食べたもので結構美味しい食べ物になった。さらに、熊ちゃんは栗拾いによく行った。

栗の木のある山や林や藪に大きな粒の栗、小さな粒の栗のなる場所を良く知っており、感情が高まるほど沢山の栗を拾うことができた。拾ってきた栗は先端の柔らかいところに穴を開け紐を通して、木小屋の天井部分に吊しておいて勝ち栗を作り、これを間食などとした。最適な栗の保存場所は囲炉裏の上の鴨居にぶら下げて乾燥させる方法であるが、あまりにも多くぶら下げると雰囲気的にもうっとうしい光景となる。なお、栗の主な種類を示すと、次のようになっている。丹沢は、果実が二〇～二五グラム位で豊産性。果肉は淡黄色で早魃年にはしわ栗の発生が多くなる。このようにやや問題点もあるが、九月上旬前後、収穫できる早生種としては、これ以上の品種はない。伊吹は、果実が二〇～二九グラムで豊産性。果皮は濃褐色で光沢が強く、外観が美しい。果肉は淡黄色で甘く、食味がよい。東早生は、熟期は丹沢と同じかやや早く、果実は二〇～二九グラムで、果肉は黄色である。大峰は、果実が二〇～二二グラムで果肉は黄色、食味は中位。果皮は褐色で美しく、着果量はかなり多く、年によっては着果過多となり、小粒化が問題となる。

筑波は、果実が二〇～二五グラムで粒揃いがよい。果皮は褐色で光沢があり、外観が美しい。果肉は甘く香気があり、淡黄色である。品質は非常に良く、加工用にも適しており、日本の代表的な品種である（青木斉『クリの作業便利帳』農山漁村文化協会、二〇〇四年、一二三～一二四ページ）。日彰館中学校（現・日彰館高等学校）の第一回の卒業生の福場章は、東京の牛込の下宿で石川啄木（歌人・詩人、一八八六～一九一二）と隣部屋となった。福場の郷里の吉舎町（現・三次市）から栗を送ってきたので、火鉢の埋め火で栗を焼いてすすめると啄木はうまいうまいと大変喜んで食べた。後年、福場が郷里に帰ってから啄木から手紙を何度となく貰ったが、あの時の栗の味（筑波）は忘れられないと書いてあった（前掲書『三次の歴史』二九六～二九七ページ）。紫峰は、果実が二二～二九グラム位で筑波より若干大きく、果皮は褐色で甘味と香気は中位で優れているが、筑波よりやや劣る。利平は、果実が二〇～二九グラム位で果形は偏円形であり、果皮は紫色を帯びた黒褐色で光沢が強く、外観が美しい。食味は大へん良いが、肉質がやや固いので、料理や加工用に適していない。外観も食味も良いので高値で取り引きされる。

銀寄は、古い歴史を持つ在来種で、現在では兵庫、大阪、京都のいわゆる丹波栗の産地の代表的品種である。果実の大きさは筑波と同等かそれ以上である。果実の内側面は弓状にわん曲しているが、果皮は濃褐色で光沢があり、外観が美しい。果肉は淡黄色で甘味が多く、香気があり、加工適性にすぐれ、品質は筑波と同等かそれ以上である。秋峰は、やや晩生である。果実は二〇～二五グラム位で、果皮は暗褐色で、果肉は黄色で甘く、香気が強く、食味が良いのが特徴である。石鎚は、果実が円形で二〇～二九グラム位、果皮は赤褐色で光沢がある。果肉は淡黄色で甘みが多い品質である（前掲書『クリの作業便利帳』一二四～一二六ページ）。

そして、冬が本格的に到来すると野菜を保存する対策が必要となる。もちろん、重富父さんの指示に従って作業を手伝うが、土を深く掘って、その中にゴボウ、大根、人参などの根菜類を保存するだけでなく、白菜などの葉物類も収納する。そして、本格的な冬がやってきて、田畑に食べる野菜がなくなった折、土中に埋めて囲い込んでおいた野菜類を掘りだして食卓にだすのである。

長期保存ができない葉物類は、保冷技術が未発達だった時代は保存も困難であったので、日本各地で、それぞれの気候などに合致した保存方法が独自の発達を遂げたのである（前掲書『プロが教える農業のすべてがわかる本』一二三ページ）。食べ物の保存で大切なのが餅の保存である。餅はどこの農家でも同様に大切な食物で、中には小学校の弁当に餅を持参する児童がいるほどで、その保存には特別の工夫が必要となる。その餅は餅米で作るのだが、米は大別して米の性格の相違により粳米と餅米に分かれる。粳米とは普通の主食として、餅米は文字通りお餅になる米であるが、赤飯やおこわにも使用する。粳と餅の区別は、含有している澱粉による。米に含有している澱粉はアミロースとアミノペクチンの二種類であるが、餅米はアミノペクチンのみが、粳米はアミロースが一〇〜一三%、アミノペクチンが七〇〜九〇%程度含有している。つまり、アミロースが多いほど粘り気のない米になる。用途としては、ご飯とお餅のほか日本酒があり、日本酒にするものを酒米といい心白と称される澱粉質も多く含む部分が大きいほど良い酒米になる。この他、米はあられや味噌、醤油などにも使用され、多くは粒が小さすぎるくず米を使うのである（前掲書『コメのすべて』一四〜一五ページ）。

いうまでもなく餅は、重富家でもとくに重要な食べ物であり、これほど手軽で貴重な食べ物はないからである。中でも餅を焼いて茶碗に入れ塩を少し加え、上からお湯を注いで食する方法は簡便な手取り早い食べ方として優れたやり方であった。その餅作りは毎年、餅つきは十二月二十八日に決っていた。それは縁起を担いで十二月二十九日は、九＝苦が付くということで避けられていた。餅つきは、方形の木枠の底に簀を敷いた蒸籠で餅米を蒸し、蒸しあがった餅米を木製でできている餅臼に入れ、重富父さんが杵を振ってつかれる。餅つきの際には、近所の親しい農家の婦人が手伝いにきて共同作業される。熊ちゃんの仕事は、つきあがった餅をあらかじめ座敷の畳の上に敷いておいたむしろに、そしてその上に稲藁を敷いておいて、つきたての餅を並べ置く作業である。ここでより重要なことは、できる限り餅と餅がくっつかず、また稲藁が餅に食い込まないように管理することである。

それは、稲藁が柔らかい餅に食い込んで食べる時に難儀しないように、餅の表面と裏面を上手に交互にひっくり返さなければならない。備後地方の餅は丸餅なので、関東地方の四角餅のように秩序正しく並べることはできない。それ故、上手にやる必要があるが、時々へまをやって叱られることがある。一年間を通して餅を食べるには保存方法がきわめて重要となるが、その方法の一つは餅を薄く切って干した欠き餅、二つは餅を水に浸して、かびやひび割れなどを防ぐ水餅として保存した。欠き餅の保存方法は良く理解できるが、水餅の保存方法は理解できなかった。水餅にして保存するための陶製の瓶（陶器）の大きいのが若干あった。その陶器は水餅を保存するだけでなく、飲料水の水や料理に用いる水を溜めて置くものでもあった。水を溜めて置くための水汲み仕事も熊ちゃんの仕事であり、重富父さんはこの陶器は貴重なもので唐津といっておられ、大事に取り扱うよういわれた。

陶器の唐津は佐賀県の西部、長崎県の東北部にかけて生産された施釉陶器をいい、江戸時代は平戸藩、鍋島藩、大村藩の三藩に含まれる地域であった。製品は唐津港から船積みされたため、唐津の名で呼ばれたのである。唐津は一六世紀後半に生成し、一七世紀初頭まで繁盛するが、同じ肥前地方で磁器が登場したので、陶器の生産規模は縮小され、日常生活の雑器として生産を続行することになる。西日本では陶磁器のことを唐津物というほど、一般的に流通した焼物なのである（佐々木達夫『日本史小百科〈陶器〉』東京堂出版、一九九四年、二一〇ページ）。重富家には陶器の焼物である唐津物（唐津焼）が、母屋の背戸に汚れたまま、ごろごろと転がっており、熊ちゃんはその中に川で捕った魚を唐津物に入れ魚鉢の代用にしていた。

第四節　街の見聞と貨物自動車の旅行

一年で最も嬉しい日は、新しい年を迎えた一月一日、貰い子の仲介をされた十日市町（現・三次市）に居を構えておられる松本家へ、重富父さんが年賀の挨拶に行ってこいといわれた時である。松本家には公子姉さん（公ちゃん）、和子姉さん（和ちゃん）、邦ちゃんの姉妹弟がおり、非常に勉強家で、後年、公ちゃんは東京女子大学短期大学部（現在、短期大学部は廃止）、和ちゃんは津田塾女子大学（現・津田塾大学）、邦ちゃんは一橋大学を卒業されている。熊ちゃんももっと勉強し立派な人間になりたいと望んでいたので、とても新鮮な刺激を受けることができた。それ故、正月がくるのがとても待ち遠しかった。年が明けるか明けないか、外出用の身仕度をして徒歩で十日市町（現・三次市）まで行くのだが四里程度の距離があったようである。最も恐ろしかったのは粟屋村（現・三次町）の昼間でも薄暗いうっそうとした森のある山中を通る折、山賊や盗賊に出会ったらどうしようかとびくびくしながら通過する時であった。それは、古老から昔、この森で通行人を襲う山賊や、衣服など奪い取る盗賊が出没したと聞いていたからである。このような不安・恐怖を抱きながら通り抜けることである。

その上、三次には稲生武太夫化物退治物語があった。稲生武太夫は幼名を平太郎といって、寛延二年（一七四九）頃、三次に住んでいた。その邸跡は市街地の北辺にそびえる古城跡、比熊山麓にあって、今でも武太夫の縁者つづきの家が三次市内に残っている。ここには稲生武太夫化物退治の物語が書かれている絵巻物があり、昔から有名な伝説となっている。その要旨は一か月間にわたり化物があらゆる手段で平太郎（武太夫）を襲うが平太郎は少しも恐れず、ついに化物は根負けして自ら降参し、暇を告げて立ち去ったということである（前掲書『ガイドブックみよし』三四ページ）。このような化物の物語など思いだしながら、十日市町（現・三次市）の街が見下ろせる峠まで辿り着いた。その粟屋村（現・三次市）の峠を通り抜けると十日市町（現・

三次市）の街が、川向こうにみえほっとした。江の川に懸る粟屋橋を渡れば人家や商店が密集している市街地に入り、市街地の主要道路を通って行き、商店街を抜ければ郡是の工場（現・グンゼ）に突き当る。

そこに、松本家があり、松本父さんは工場長（責任者）で、家は工場の敷地内のとても立派な洋館建てであった。後に、工場の敷地から道路を隔てた場所に新築されたが、坪数三〇〇坪もある屋敷であった。まず、正月なので正月らしい挨拶を口頭で述べなくてはならないのだが、重富父さんからいわれていた口上をすっかり忘れてしまった。まだ、朝だから「おはようございます」でいいんだと観念して、「おはようございます」といった。ヨシコ母さんが「明けましておめでとう」、「よくきてくれましたね」といって、沢山のお年玉を頂いた。「子どもたちは郡是の卓球場で卓球しているので、熊ちゃんも行って卓球してみたら如何ですか」といわれたので行った。多くの若い男女がきて卓球をしていたが、松本の姉妹の姿はなかった。しかし、邦ちゃんはおり挨拶を交わしたが、何を話したかの記憶はない。卓球場ではみんな英語でワン・ツーとかツー・スリー、アゲイン、ジュース、ファイブオールなどと発音していたので、すごい人たちだと思った。

集落では卓球などみたこともなく、卓球などしたこともなかった。また、郡是（現・グンゼ）の卓球場で卓球をしている男子は少年の憧れである三次中学校（現・三次高等学校）の生徒で、

三次高等学校

三本の白線が入っている帽子を被っていた。さらに、名門漢学塾の流れを汲む日彰館の校章を付けた日彰館中学校（現・日彰館高等学校）の生徒もいた。のち日彰館に高等女学校（現・日彰館高等学校）も創設されたが、その折、石川啄木が国語か英語なら教える自信があるので、ぜひ共教員に採用してほしいとの願い出があったが、残念ながら実現しなかった。東の私立（現・県立）日彰館中学校（現・高等学校）、西の県立三次中学校（現・高等学校）と称されるほど県北では魅力ある学校であった。もし、日彰館への啄木の教員採用が実現していたら、啄木もきっと県北の風景を詩に作っただろう（前掲書『三次の歴史』二九二〜二九八ページ）。北海道での啄木の生活の一か年をみても、その間の移動は函館、札幌、小樽、釧路の四か所に及んでいる。それらは次々に職を追っているので、商工会議所の臨時雇い、小学校の代用教員、新聞社の遊軍記者など不安定な生活が重圧となり、耐えられない苦痛であったに違いない（伊藤信吉著『詩のふるさと』新潮社、一九六六年、一四〜一九ページ）。

さて、三次中学校（現・高等学校）には、明治三〇年代末頃、後に大きな業績を残す二人の生徒が学んでいた。中村憲吉と倉田百三である。憲吉は双三郡布野村（現・三次市）の生まれ、百三は二年後輩で、比婆郡庄原町（現・庄原市）の生まれであった。二人は三次中学校（現・高等学校）文芸クラブ「白帆会」に属して研鑽に励み、後に文名をはせる素地を養っていた。憲吉はやがて第七高等学校（現・鹿児島大学）を経て、東京帝国大学（現・東京大学）に進んだ。高等学校在学中から短歌に親しみアララギ派の有力な歌人として活動し、中村憲吉歌碑が三次町尾関山公園にある。百三は第一高等学校（現・東京大学）に入学し、文芸部、弁論部などで活躍したが病気のため退学し、以後は療養のかたわら、思索と信仰の生活を深め、次々と名作を発表し注目を浴びた。百三文学碑が三次高等学校にある（前掲書『三次の歴史』二九八〜三〇八ページ）。

とくに、百三の『愛と認識との出発』は、人生と真理とを愛する青年に読まれており、今なお慌ただしい世相の動きにも自己の真実の姿を喪失しまいとする心深い、清き若き人々に読み続けられている。生命の春に目ざめて、人生の探求に出発したる首途にある青年たちには、この著書はまさしく、示唆に富める手引きとなり得ることである。正に「青春は短い。宝石の如くにしてそれを惜しめ。俗卑と凡雑と低吝とのいやしくもこれに入り込むことを拒み、その想いを偉（おお）いならしめ、その夢を清からしめよ。夢みることをやめたとき、その青春は終わるのである」としている（倉田百三『愛と認識との出発』角川書店、一九八二年、七〜九ページ）。

このように、卓球場にいた大部分は、三次中学校（現・高等学校）などの生徒であったが、中には小学生もいたので安堵した。その日、久しぶりに君田村（現・三次市）へ貰い子されて行った寛ちゃんにも会った。夜には邦ちゃん、寛ちゃん、熊ちゃんの三人で内風呂の大浴槽に一緒に入り、上から風呂蓋を被せて大騒ぎして楽しく遊んだ。翌日、松本の親類の一子姉さんという人に十日市町のメイン通りにある大きな本屋沖永書店へ連れて行って貰った。

一子姉さんは三人に対して、「それぞれ好きな本を一冊買ってあげるので、選びなさい」といわれたので、熊ちゃんは何故か、迷うことなくエイブリハム・リンカンの伝記本を選択した。米国第一六代大統領リンカンは貧しい開拓者の子どもとして丸太小屋に生まれ、独力で勉強し、出世して大統領になり、南北戦争で勝利し、奴隷解放した偉人である。リンカンは、自然の中で野生動物と森のある農場で育った。そして、農場で一生懸命に仕事したが、リンカンの知的欲求も強く、教養のある賢い人間になることを願望していたので聖書、イソップ物語、歴史冒険物など好んで読み、必死に勉強した。開拓地では子どもは重要な労働力であったので、しかも六歳位になれば、農場で父親と共に汗を流すのは当然だったが、リンカンは強く反発し異なる道を目指していた（土田宏『リンカン』彩流社、二〇〇九年、一一～一五ページ）。

熊ちゃんはリンカンという人の名前は聞いていて、とても興味を持っていたが、読んだことはなかった。教科書以外に自他共に本を買う経験は初めてのことであった。リンカンの本は何回も何回も繰り返し読み、本が破れて傷むまで読んだのである。本にはとても興味があり好きであったが、重富家には本はなかった。そこで、重富家の親類などに行った際、親類の子どもが読まなくなった本、少し難解ではあるが兄さん姉さんたちの古本も貰って帰り、知識を得たいという知識欲を満たしていた。少しの間でも知的な環境で過ごした松本家を離れて集落に帰ることになり、若干名残惜しい気持ちもないでもないが、皆さんに別れをいって戻ってきた。集落に帰ってからも、街の生活の驚きが次から次へと思い出された。中でも沢山のお年玉（お金）をあちこちで貰えることなど予想もしなかったことであった。お金は大切に仕舞って置かねばと思い秘密の場所に保管しておいた。ある時、その隠し場所をみたら、今まで貯めておいたお金がすべてなくなっていた。

何故、なくなったんだろうと考えていたら、重富父さんがお金を持ち出して遊びに使用されたということが分かり、大へん悲しく残念な出来事であった。残念なことではあるが、当面、熊ちゃんには必要のない金であり、お世話になっている以上、少々の我慢は仕方ないことである。時に、寛ちゃんと会った際、寛ちゃんの苗字（姓）が、本来の江波から松田になり、江波寛治でなく松田寛治になっていた。何故に突然、苗字を変更したのか、熊ちゃんには不思議で理解できなかったが、寛ちゃんは松田家と法的な親子関係になる養子縁組をしたとのことであった。その後、寛ちゃんとはもう一度、会う機会を持つことになった。それは、天皇陛下（昭和天皇）の地方巡幸で、広島市へ来広される時であった。漠然としたものであるが、まず民主主義とは相容れない日本人の精神状態を改めなければならない。戦時中昂揚された天皇陛下の神格性、つまり現人神を否定されなければならなかったのである。具体的には、それが昭和二十一（一九四六）年正月元旦に行なわれた天皇陛下の人間宣言であり、天皇陛下の巡幸であるといえよう（蠟山政道『日本の歴史（第二六巻）』中央公論、一九七一年、五六ページ）。

天皇陛下の地方巡幸をみに広島市へ行くのには自動車が最も便利であった。松本家には貨物自動車（トラック）があったが、貨物自動車といっても、自動車用の燃料（ガソリン）などなかった戦後のことなので、代替燃料で走る代替燃料車であった。試験的なものを含めて、使用される燃料は大豆油、鰯油、アルコールさらに木炭や薪なのであった。大豆油は燃やすと天ぷらを揚げたような臭いがするが、そのまま使用できる。だが、長期間の使用では噴射装置に問題が生じた。鰯油は加熱し、三〇℃で使用せねばならず、軽油と混合で使用は可能であったようである。しかし、実際にかなり使用したのは、木炭と薪で、主として燃料配給のない民間で使用された。代替燃料自動車は薪炭など焚くための釜を荷台の前方右側に設置し、ここで燃焼させて、そのガスをエンジンに送り込む式の車であった。多くの貨物自動車（トラック）や乗合自動車（バス）に装置されたのである。出力の低下がみられるものの、それ以外は問題なく使用が可能であったが、力不足の動力で上り坂では、ギアを落しても途中で止まることもあった。

この代替燃料によるガス発生炉装置の自動車は戦時中のみでなく、戦後の石油不足が続いた昭和二十五（一九五〇）年頃まで走る姿がみられた（中沖満、GP企画センター『国産トラックの歴史』グランプリ出版、二〇〇五年、五六ページ）。

松本家所有の貨物自動車は薪炭を燃料としているので、大量の薪炭を積む必要があった。また、エンジンをかける時は、大きなクランク軸をバンパの穴に突込んでぐるぐる回して、エンジンをかける式のもので、エンジンがかかって走行したとしても、途中でエンストしたものであった。とに角、その貨物自動車の荷台に乗って広島市まで行った。天皇陛下の広島市への巡幸には、市内の小学生が沢山動員されていた。だが、小学生の態度は規律性と統一性もない、単なる寄り集った群衆みたいにみえ、都会の小学生は自由度が大きく、田舎の小学生の態度とは違うと感じた。一緒に参加した寛ちゃんと顔を見合わせて、「大都会の小学生と小さな田舎の小学生とはずいぶん分差異があるものだ」と語り合った。天皇陛下の拝顔の栄に浴したので、帰路に着くことになるが、一緒に行ったある人が少し寄りたい所があるとのことで、貨物自動車でその場所に行くことになった。

とに角、自動車といえばとても珍しい乗物であったので貨物自動車が停車するやいなや、貨物自動車を見物するために、近所の子どもたちが貨物自動車の周りに集まってきた。その時、ある子どもが貨物自動車に乗っている熊ちゃんをみて、「あ、熊ちゃんだ、熊ちゃん」と叫んだので、他の子どもたちもどんどん集まってきた。何者かに連れて行かれて以来、熊ちゃんは会いたくない人たちに会ったものだと感じ、一瞬、貨物自動車の荷台に隠れた。

その子どもたちは確かに見覚えがあるが、言葉を交わすことはしなかった。多分、戦前に一緒に仲良く遊んだことのある子どもたちのようであった。その中で、はっきり記憶している顔の子どもが家に親を呼びに帰ったので、変なトラブルになるのを恐れて、できる限り早く貨物自動車を動かして、立ち去って欲しいと念じていたら、運良く子どもの親に会うことなく、その場を去ることができた。

8章 カッパ先生との出会い

第一節 知識源とカッパ先生

熊ちゃんは小学校三年生の時、双三郡十日市町（現・三次市）の十日市小学校から高田郡甲立町（現・安芸高田市）の深瀬小学校へ転校したことに関しては前述した通りである。その深瀬小学校の深瀬という校名は、戦国の武将である深瀬隆兼の深瀬に由来すると聞いている。深瀬小学校へやってきて、最も心に残る先生は担任の野村剛先生で、先生のあだ名はカッパである。それは、頭の髪型がカッパ（河童）に似ていることと、顔とくに笑顔がカッパの尖った口先によく似ていることから、いつの間にか児童が付けたものである。カッパ先生は歴史、とくに城に非常に興味をもたれ研究されていたので、祝屋城（現・安芸高田市深瀬）や五龍城（現・安芸高田市甲田）さらに郡山城（現・安芸高田市吉田）に遠足でよく行ったものである。祝屋城の城主は深瀬隆兼であるが、隆兼は五龍城主・宍戸元源の弟で、天文九（一五四〇）年六月、尼子詮久

深瀬小学校

が吉田の郡山城を攻撃すべく南下した時、隆兼は尼子軍の先鋒隊を撃退、退却させるなど活躍した。宍戸一族の勇敢な武将であった。

五龍城は郡山城から出雲路を東に一里のところに位置し、尼子氏の攻防に重要な位置関係にある城で、勇将宍戸元源が城を構え、城主であった。天文三（一五三四）年、毛利元就は長女を宍戸元源の孫・隆家に嫁がせて、両家の関係強化を図った。さらに、隆家の母が備後街道の要となる甲山城主、山内直通の嫁であったので、元就は一つの婚姻で二つの城を味方に付けることができた（吉成勇編『「毛利一族」のすべて』新人物往来社、一九九七年、二八一～二八二ページ）。安芸（現・広島県）には二〇を超える土豪が割拠していたが、安芸は一つという意識も漂っていた。元就は諸豪族を陣営に引き込んで、着々と勢いを増して行くが、なお弱小なのである。吉田（現・安芸高田市）の盆地から這い上がり、中国全域に覇を唱えるためには、あらゆる手段を駆使して相手の優勢な武力に対抗する他はなかったのである（古川薫『毛利元就とその時代』文藝春秋、一九六六年、一四～一五ページ）。郡山城は毛利氏が中国地方に覇を唱える居城となった城である。建武三（一三三六）年に毛利時親が築城し、大永三（一五二三）年に毛利元就が城主となり、郡山城籠城戦では領民八〇〇〇人が城に籠って戦った。

だが、その後、毛利輝元が改修し、天正十九（一五九一）年、本拠地が広島城へ移るまで約二六〇年間使用された。城は標高三九〇メートルの急斜面にあり、山頂に本丸と二の丸、一段下に三の丸が構築されていた。さらに、六本の尾根が続いており、全山要塞の感があり、中腹には満願寺、妙寿寺など寺院跡、また麓には里屋敷や毛利元就の墓所もある（前掲書『「毛利一族」のすべて』二八六ページ）。春の天気の良い時は、深瀬小学校の裏山的存在であった祝屋城へ何回となく行ったが、祝屋城そのものは城跡があるだけで昔の面影はない。祝屋城跡へは遠足というような形ではなく、遊びというような形で登ったものである。また、五龍城は少々遠方であったので、ここへは遊びというより、遠足というような形で幾度か訪れたことがある。さらに、郡山城へは歩いて行くにはかなり距離もあり、時間もかかるので、学校の手配する貨物自動車で行ったが、これは小さな旅行のような形であった。これら三つの祝屋城、五龍城、郡山城は、若干の出入道があっても、ほぼ出雲街道に沿って存在していたので、大へん交通の便利な位置関係にあった。それ故、何度も訪れることができた。

また、カッパ先生は日本の歴史のことはいうまでもなく、物語や世界の歴史にも通じておられ博学の人であった。物語としては「船乗りシンドバットの冒険」、「ロビンソン漂流記」、「トム・ソーヤの冒険」など身振りを交えて分かりやすく語られた。熊ちゃんがとくに興味を持ったのはトム・ソーヤの冒険であった。トム・ソーヤは一言でいえば、野生児で米国中西部の自然の中で生まれ、自然と共に育った少年である。トム・ソーヤの教師は学校ではなく、生きる知恵を与えてくれるのは、ミシシッピー河、森、動物、岩石などの自然であった。自然はものをいわないが、自然はあるがままの対象としてトム・ソーヤを取り巻き、無言の教師として教育するのである。トム・ソーヤの周りには、多くの人間がいるが、自然を相手のトム・ソーヤにとって、それら人間たちも自然の一部で、自然を観察するような仕方で、トム・ソーヤは冷静に人間を観察する。幼い少年だが経験を積み重ねる中で、人間というものの中にある不思議な諸側面を好奇心に満ち溢れた格好で発見するのであると加藤秀俊は説明している（M・トゥエイン著、鈴木幸夫訳『トム・ソーヤの冒険』旺文社、一九七八年、三六二〜三六三ページ）。

深瀬小学校には、図書室のような施設はあったようだが、情報発信機能としてはきわめて貧弱であった。しかし、知的情報を得るほかの有効かつ確実な情報源が存在していた。それは、情報を提供してくれるカッパ先生であった。カッパ先生に会って色々な話を聞けることは、学校へ行く大きな楽しみでもある。とくに、大航海時代の話には大いに興味が湧き、心が躍るものがあった。中世も最も活況を呈した通商貿易圏はアラブ人、インド人、中国人が地中海から中国に至るまで、広大な地域で活躍した時代である。その通商貿易圏の西端にヨーロッパのキリスト教徒の住む狭い世界があり、その外の世界は妖怪や化け物がいると信じられていた。一一世紀になってこの閉ざされた世界から外に向かう新たな動きが起こり、イタリアの海軍都市が興隆し、やがて一五世紀になってポルトガル、スペインなどが遠洋航海に挑み始めた。あっという間に、大西洋、インド洋、太平洋へと勢力を伸ばし、世界をつなぐ円環を完成した。一四一〇年ポルトガルは富と通商など求めて、西アフリカ海岸の探険、喜望峰回航、インド航路開拓など画期的な業績を生みだすことになる。一四九二年、クリストファー・コロンブスがエスパニョラ島に到着した（増田義郎『大航海時代』講談社、一九九一年、一一～一六ページ）。

エスパニョラ島の征服は、後のヨーロッパ諸国が両アメリカ大陸で征服していた時のやり口の典型的なものであった。ヨーロッパ人はインディオを身方につけ、インディオ達が仲間のうちで闘うように仕向けた。ヨーロッパ人はそれを傍観者的な態度・姿勢でみた。コロンブス達は、できる限りの黄金を集めようとエスパニョラ島の征服の秩序作りに精出し、黄金は好きなだけ自分達の所有物にしたのである（S・E・モリスン著、増田義郎企画・監修、荒このみ訳『大航海者コロンブス』原書房、一九九二年、一八一～一八三ページ）。それまで、未知であった新世界がヨーロッパの前に開けた。夢想だにしなかった新天地の産物などの情報がヨーロッパ人たちの心を動かしたのである。さらに日本列島に大航海時代の波がきたのは、一五四三年に種子島にポルトガル人が漂着した時だった。やがて、ポルトガル、スペイン、オランダ人の渡来は日本文化と社会に大きな影響を与えた。それまで、世界といえば中国・インドにすぎず、ヨーロッパ・アフリカの存在すら知らなかったわれわれの祖先は、いきなり世界地図を示され、地球の全貌を知るようになった。鉄砲、印刷機、天文学、医学、航海術などが伝えられて、日本人の知の世界を一変させたのである（前掲書『大航海時代』一七〜二四ページ）。

このような大航海時代などの話を聞いた熊ちゃんは、将来、商船学校をでて船乗りになって、世界をみてみたいというような気持ちになった。カッパ先生は台湾の師範学校の出身で、世界の情勢に詳しく、世界に興味を持たれると同時に知識が泉の如く湧出・現出していた。

第二節　貴重な体験授業と結核の子ども

夏にはカッパ先生から、深瀬小学校の近くの川で水泳の指導を受けたが、さすがカッパ先生と称するだけあって水泳は見事であった。水泳で思い出すのは、泳ぎのあまり得意でない同級生がおり、その同級生は殆んど泳げない児童で、水際でじゃぶじゃぶ遊ぶ程度であった。熊ちゃんはその近くの深いところで気持ちよく泳いでいたら、何かの拍子でその同級生が深みにはまり、その最も近い所で泳いでいた熊ちゃんにしがみ付いた。突然しがみ付かれた熊ちゃんはどうすることもできず、どんどんと深い所へ引きずり込まれて溺れかけた。同級生の腕から逃れようと死に物狂いになってもがいているうちに、浅瀬に流れ着いて命だけは助かるという苦い体験をした。

また、カッパ先生は子供の精神力、気力、胆力を鍛えるということで、学校での肝試しを考えられた。肝試しを実行する前に怖い話をされるのだが、同級生の中にも化け物・幽霊などの怪談話を得意とする児童もいた。中でも滝くんは祖父から伝え聞いた実際にあった実話だと前置きして語った。昔、この小学校の建築中に、大工の棟梁が天井で何者かに殺されて、天井から血がぽたりぽたり落ちてきた、今でもその血痕が残っているなどの怖い話をした。なお、滝くんは絵が大へん上手で、風景画はいうまでもなく、一ツ目小僧、大入道のような化け物などを描く天才的な才能を持っていた。定かではないが、カッパ先生は格調高く、日本の歴史上起きた怪談話か何かをされたように思う。それによると、七〇〇年、下関海峡の壇の浦で、平家と源氏の最後の合戦が実行され、壇の浦で平家一門はもとより、幼帝安徳天皇も滅亡した。その後、壇の浦の海岸は怨霊にたたられてきて、その海には甲羅に人間の顔が付いた平家蟹という不思議な蟹がおり、それは平家の武士たちの生霊であるとのことである。

暗夜には鬼火と呼んでいる青白い火が渚の辺りをさまよったり、波の上を飛んだりする。そして、風の立つ時、きまって鬨の声のような叫喚が沖から聞えてくるのである。以前、平家の人達は夜半に通りかかる船の側に現われて、船を沈めようとしたり、泳いでいる人達を待ち構えて、水中に引きずり込もうとした。これらの死者を鎮めるために、赤間が関に阿弥陀寺を建てたり、海浜近くに墓地を作ったり、忌日にはそこで法要も営まれたりするのである（小泉八雲著、上田和夫訳『小泉八雲集』新潮社、一九七九年、一三四〜一三六ページ）。このような怪談話を聞いた後、肝試しが行なわれるが、とても勇気のいることである。児童の全くいない学校が如何に淋しい場所であるかを知ることができた。秋にはカッパ先生は、茶の実を子どもたちに収穫させて、茶の実から油を取ることを思い付かれ、子どもたちは一丸となって茶の実を採りに山野に行った。茶の木はツバキ科の常緑低木なので子どもたちにとってかなり楽で簡単に採取できた。

茶の実は籠びくや竹で編んだざるに入れて、大八車で油を製造したり販売したりする油屋へ運んだ。油屋は学校の川向こうの川地村（現・三次市）の上川立駅の近くにあった。その油屋の主人は第二次世界大戦で負傷された傷痍軍人で片腕を失われていた人であったが、大へんな力持ちで、残りの腕で搾油機を自由自在に操作された。油を搾り取る搾油機は人力で行なうので、怪力の持ち主でないと機械操作はできない。カッパ先生が子どもたちに「みんなも挑戦してみるか」といわれたので、三人位で搾油機に付いている棒を回転させようと試みたが、油屋の主人の力には及ばず、改めてその主人の怪力に驚くと共に、尊敬の念を抱いた。茶の実からの油取りは理科の実験ということもあろうが、少ない学校の予算不足を補うため油を売って、その代金で学校の必要な物品を購入することでもあろう。いずれにしても、カッパ先生は常に創造的な教育かつ実践的な教育を心掛けられていた。さらに、カッパ先生は動植物にも大へん興味を持たれ授業の中で虫取り、魚取り、植物採取など現場で実施された。

冬には、雪が降れば学校の運動場で二手に分かれ、こぶし大に固めた雪を投げ合う雪合戦などもした。さらには、裏山などに登り雪中でウサギなどを追出して捕まえる遊びなどやったが、ウサギを捕まえたというような話は聞いたことはなかった。だが、他日、仲間の中でイタチを捕まえたその道の達人のような剛の者はいた。そのイタチを理科の授業か何かの時間に、イタチの体を切り開いて内部構造を調べるために解剖したことがあった。そして、イタチの手皮は板に張り付けて標本作りみたいなこともした。それらの実践は小学生期の忘れられない貴重な体験となっている。家庭でも雪が沢山降ると野良仕事はできなくなるので、思う存分に遊ぶことができた。雪中での遊びといえば、雪上を滑って遊ぶ橇の遊びがある。集落の後背地はすべて山であったので、山で橇の遊びをするには絶好の場所であった。橇の遊びは仲間とわいわい騒ぎながら楽しく遊べるし、また一人で楽しい遊び時間を過ごすこともできた。橇といってもすべて自分で作らなくてはならないが、そんなに難しいことはなく、子どもでも簡単に作ることができる。

それは、子どもが一人座れる位の木箱と竹や木片があれば、材料としては充分である。つまり、木箱の底に二本の曲げた竹板を取り付け、それを作動させるための簡単な棒ハンドルを付ければそれで完成である。ブレーキは不用で、長靴を履いた足で止めればよいのである。しかし、何回も橇から雪中に放りだされ、雪まみれになることもあり、その度に長靴の中に雪が一杯入って足の指が切れるほど冷たくなったり、また、衣服全体がびしょびしょになって家路に着くことになる。重富父さんが外出して留守の際は、囲炉裏に木を燃やして衣服を乾かすことができるが、見付かることがあり、「いい加減にせんか」と注意を受けることもあった。裏山の橇をする山裾に竹藪があり、そこに一軒の小さな家があった。その家の人は、戦後、中国大陸から日本に引揚げ、竹藪の一角に仮屋を建てられて住んでいた。仮屋は集落の中心から少し離れた所にあったが、そこには熊ちゃんと同じ年の男児がおり、みるからに弱々しい少年のようだった。母親の話では、肺結核とのことであった。結核といえば肺病というほど、肺結核が多いが、実際は結核は全身病なのである。肺に小さな病巣ができると、菌は一～二週間位で、リンパの流れに乗って肺門のリンパ節に達し、病巣を作る。肺門のリンパ節がリンパ管を通って、ついには首の付け根で静脈に流れ込む。首の付け根にきた結核菌が血液の流れに入れば、菌は身体中どこでも到達するのである。大量の菌が静脈に入れば肺、肝、脾、眼底、脳などあちこちの臓器に無数の粟のように付き結核性病変を作れば粟粒結核となり、脳の髄膜に病変を作れば結核性髄膜炎になるし、腎臓に菌が着けば腎臓結核、骨・関節に菌が着けば骨・関節結核となる。菌が腸に達すれば腸結核、尿管を通って膀胱に達すれば膀胱結核を起こす。このように結核は全身病なのである（前掲書『結核の歴史』二三～二五ページ）。

それ故、集落の人は肺結核の家には、あまり近寄らないように注意されていたので、肺結核の病人のいる家との付き合いはほとんどないほどである。重富父さんが肺結核について注意せよなどと喧しくいわなかったのを幸いに、熊ちゃんは肺結核を患っている少年の家をしばしば訪れた。少年の母親は「よくきてくれました」といって、喜んで茶菓など馳走してくれた。その少年とは学校のこと、友達のことなど色々なことを楽しく語り合った。少年の家を訪れることを黙認していた重富父さんも頻繁に訪問する熊ちゃんに注意するようになった。肺結核というのは、結核菌によって起こる伝染病であり、結核患者がごほんごほんと咳をすれば、その飛び散るしぶきによって伝染することが多いからである。重症の肺結核患者が一日にだす結核菌の数は、一日に一・三億個以上、最も多い患者は二〇〇億個以上にのぼるとされている。この菌を周囲の人が呼吸の時、吸い込めば感染する危険性がある（同上書、二一〇～二一一ページ）。

このようにみると、一度、肺結核にかかれば完治することは困難で死を待つだけのことが多く、それ故、肺結核は死の病と称されると重富父さんはいわれた。「肺結核の子どもと仲良くすることは良いが、それによって肺結核がうつると問題だ」と注意された。それから間もなくして、山裾の竹藪の一角にあった肺結核の少年の家は跡形もなくなっていた。あの少年はどうなったのかなと思ったが、誰にも聞かなかった。この集落にくるずっと以前は呉市に住んでいたことがあったと語っていたし、病気が治れば呉市に戻りたいといっていたので、母親と一緒に、この地を離れたのではないかと想像した。竹藪の仮屋跡をみるたびに、肺結核の少年を追想し、可哀相な哀れなような、何ともいえない淋しい気持ちになった。何処かで生きて元気になって同年代の子どもたちと一緒に、学校へ通っていればよいのだがと願わずにはおれなかった。

第三節　捨てられた教科書と土木工事への参加

カッパ先生は、台湾から引き揚げられてからずっと粟屋村（現・三次市）に居住されていたが、粟屋村の自宅から深瀬小学校まで通勤するには相当の距離があり、毎日通えるほどの道程ではなかった。それでも春から秋にかけての気候の良い季節には何とか無理すれば、通勤することは可能であった。だが、冬になり雪が降り雪が積る頃になると、毎日の通勤は困難である。そこで、カッパ先生は秋町の藤岡あけみちゃんの離れ屋敷を借りて下宿されることになられた。

下宿先の藤岡家には二人の娘さんがおり、姉は三次高等女学校（現・高等学校）の女子学生で、妹のあけみちゃんは深瀬小学校の高学年の児童であった。姉はカッパ先生の妹と同級生で、カッパ先生の妹は粟屋村から秋町を通って川地村（現・三次市）を経て、志和地駅（現・三次市）から汽車に乗って通学されていた。粟屋村から志和地駅まで行くには、必ず重富家の崖下を通らねばならないので、通学途中の女子学生をよく見掛けた。小学生にとって高等女学校（現・高等学校）の女学生は近寄り難い輝いた存在であった。

当時の学校制度をみると、時代により異なり複雑で分かり難いが、昭和四（一九二九）年から第二次世界大戦時にかけては、ほぼ次のようである。小学校（国民学校）を卒業すると高等小学校（二年）、実業学校（三年または四年または五年）、高等女学校（四年または五年、専攻科）、中学校（四年または五年）、七年制高等学校の尋常科（四年）へ進学可能であった。ちなみに、高等小学校（二年）を卒業すると女子師範学校（四年）、師範学校一部（四年）、青年学校（四年）、女子青年学校（二年）へ進学できた。高等女学校を卒業すると師範学校二部（二年）、女子高等師範学校（四年または五年）などに進学可能であった。中学校（四年）を修了すると師範学校二部（二年）、高等学校（三年）、大学予科（二年または三年）、中学校（五年）を卒業すると高等師範学校（五年）、専門学校（三年または四年）。七年制高等学校の尋常科（四年）を卒業すると高等学校（三年）に進学可能である。なお大学は三年制と四年制があった。これらはいずれにしても、小学校を卒業した後、中等学校：中学校、高等女学校、実業学校などから専門学校、高等師範学校、大学予科などの上級に進学するようにしたものである（旺文社編『日本国「受験ユーモア」五十五年史』旺文社、一九八五年、八ページ）。

このようにみると、進学可能な条件は小学校を卒業しておくことであるが、小学校を卒業した者のうち高等女学校へ進学した人は近隣の村落から二〜三名程度であった。殆んどは小学校を卒業すると同時に働きにでた。高等女学校と対をなしているのが中学校（旧制）だが、集落から中学校へ進学したという話は、あまり聞いたことないほどの超エリートの学校であった。

前述したように、カッパ先生は冬などの大雪の際に備えて藤岡家の離れ屋敷に下宿先を確保されていたが、いつの間にか季節や学校の仕事に関係なく、常時、下宿先に宿泊され、その下宿先から通勤されるようになっていた。時たま、授業終了後、カッパ先生と一緒に帰ることがあり、そんな時は社会のこと政治のこと経済のこと、さらには学校のこと生活のこと人生のことなどの話を聞きながら楽しく帰ることができた。別れ際授業で理解不足のところなどあったら補習するので下宿を訪ねるようにいわれた。カッパ先生による補習というより、様々なためになる話を聞くのが大へん楽しみであった。だが、重富父さんは小学生の夜間外出は「駄目」だといって、下宿先を訪ねることは許されなかった。

それでも、重富父さんの目を盗んで、カッパ先生の下宿先まで行ったことがあったが、手ぶらで下宿先を訪ねることは失礼なことでどうしても部屋の中に入ることができなかった。部屋の中では同級生たちが楽しそうに笑ったり雑談したりしている様子を外側から覗きみるだけだった。ある時、カッパ先生が誰か外にいるといって戸を開けて入れて貰ったことがあったが、手ぶらだったので何だかすっきりしない感じがした。重富父さんがカッパ先生の下宿先に行くことを極力嫌がっておられた理由は分からないが、それは補習の礼の件ではないかと推測できる。さらに大きな理由は、重富家に貰われてきたのは、何も勉強させるためではなく、労働力の一員として参加することが求められていたからである。その証として、農作業が忙しい時は、学校を休んで優先的に農作業に従事した。学校の授業が終われば脇目も振らず、「すぐに帰ってこい」といわれたし、放課後、仲間と一緒に野球やサッカーなどして遊ぶことはあんまりなかった。学校から帰ったら色々な仕事の予定が組まれていたので、学校の宿題などする時間を取るのは至難の業であった。

授業が終ると鞄を小脇きに抱えて、途中の色々な誘惑などには全く目もくれず、毎日走って帰った。一日の生活予定はほぼ決っており、その予定通りに働かないと重富家に置いて貰えないのではないかという恐怖感があった。だが、それをしばしば忘れることがあり、ある日、宿題が山ほどあったので、早く宿題を片付けなくてはならないと考え、農作業のことをすっかり忘れ、一生懸命にやっていたら、重富父さんが「何をしているんだ、仕事はどうなっているんだ」と烈火の如く怒って、熊ちゃんの教科書やノート、文房具など全部、裏の畑に捨ててしまわれた。熊ちゃんは涙を押えながら、その教科書などを畑まで取りに行った。非常に悲しい出来事であったが、それは貰い子としての運命であり、どうすることもできないことである。熊ちゃんは野良仕事が第一であるという認識が欠けていたのであった。勉強は野良仕事の合間、つまり農作業の暇な時にするものであることを思い知ったのである。

日頃から「百姓には勉強は必要ない」、「暇があったら野良仕事しろ」と重富父さんがいわれていたのを確認した。毎日、学校へ通学できるのが当然であると理解していたが、学校を休んででも野良仕事をするのが最も大切であることを悟った。唯一の楽しみは学校へ行けることであったが、学年が進むにつれて学校へ行く日が少なくなり、学校を休んで農作業などに精をだした。ある時、公共に関する共同作業の話が集落に持ち込まれたが、集落の取り決めで、原則として男女いずれかの大人が各家から一人参加しなければならないという規則があった。重富家には大人は重富父さん一人であり、連れ合いを亡くされて以来ずっと一人で農作業されていた。それ故、農作業を放って、長期間にわたって共同作業に加わることは不可能であることは、集落のみんなも理解していた。だが、重富家には小学生の子どもがいるので、何とか子どもとかでも参加できないものかと検討の結果、規則は原則とあるので、例外もあり得るとの解釈で共同作業へ加わるのは差し支えないことになった。

そこで、重富父さんは熊ちゃんに「学校を休んで、共同作業に参加するように」と指示された。共同作業の参加の日は、朝早くから農協広場の集合場所に集まることになっており、多くの男女の大人が参加していた。ある大人は「まだ小学生じゃないか、子どもなど参加させて大丈夫か」、「保護者は何を考えているんだ」など口々にいっていたが、大人の中には「子どもでもやれる仕事はある」など味方してくれた人もいた。とに角、「熊ちゃんも工事現場に向けて出発するので貨物自動車に乗れ」と命令されたので乗車した。工事現場へ行ってみると、土砂運搬用車（トロッコ）などあり、大へん大掛りな土木工事であった。熊ちゃんの初仕事は、土木工事をする人たちのための焚き火を作ることで、その焚き火用の薪探しから始めなくてはならない。そのためあっちこっちの山野を歩いて薪を集めることであった。

深瀬小学校の裏山に入り薪を集めていたら運悪く校長先生にみつかった。校長先生は「君は深瀬小学校の児童ではないか」、「山で何をしているんだ」、「今、学校は授業中ではないか」、「さっさと学校の教室へ戻って勉強しなさい」などいわれ説教された。「はい分かりました」といって、学校の方向に行くふりをして、校長先生の姿がみえなくなるのを確認して、急いで薪を集めて工事現場まで運んだ。心の中では学校へ行ってみんなと同じように勉強したかったが、それは許されなかった。何度も何度も学校の方を向いて離れ難く、後ろ髪を引かれる思いであった。熊ちゃんは重富家を代表して土木工事に参加しているので、それなりに立派に責任を果たすべく務めなくてはならない。山から持ち帰った薪は、焚き火にして土木工事に参加している村落の人々に暖を取って貰うと同時に、お湯やお茶を沸かしたり、昼食のために持参された弁当など暖めたりの管理をした。昼食が終って、一連の後片付けの後、熊ちゃんも石を運んだり、砂や土を入れたり運んだりの作業に参加した。この時代は重機などはなく、大人も子どもも、男や女の人もすべて手作業であるので、子どもでも大いに役立つことができた。

このように少しでも役立つことは、子どもとして自信と誇りを持つことができたが、大人から如何なる目でみられているかは知るよしもない。だが、土木工事に参加した大人から「子どもなど寄越して」といった苦情がないことは、それなりの役目を果たしたといえる。中には、「子どもなのによく頑張っているね」とか、「なかなか賢い子だね」といって声をかけてくれる人もいた。土木工事が終る頃になって、ある大人が「トロッコに乗ってみるか」といってくれて、熊ちゃんをトロッコに乗せて運転してくれた。トロッコというと、何となくみた目には土や砂などを運搬するための車という思いが強いが、結構人が乗っても非常に心地や気持ちがよく快適な車両であることを知った。芥川龍之介の小説『トロッコ』に次のような描写がある。軽便鉄道敷設の工事が始まり、少年はトロッコで運搬する。それが面白ろさに見物に行ったことがあった。トロッコの上には作業員が二人いて、そのトロッコは下山するのだから、人手を借りずに走ってきた。

風を切るように車台が動いたり、作業員の丈の短い上着の裾がひらひらして、細い線路がしなったり、そんな光景を眺めながら、せめて、一度でも作業員と一緒にトロッコに乗りたいと思うこともあった。トロッコは村はずれの平地へでると自然とそこに止まってしまう。と同時に従業員達は、身軽にトロッコから飛び降りるやいなや、その線路の終点へ車の土を勢よくひっくり返えすのである。それから今度は、トロッコを押し押し、もときた山の方へ登り始め、少年はその時、乗れないまでも押すことができたらと思うのである（芥川龍之介『トロッコ・一塊の土』角川書店、一九八〇年、五ページ）。というような文章を思い起こしたのであった。なお、村落の共同作業では河川の土木工事のほかに、新しい中学校（新制中学校）の建設工事などにも参加した。これは、相当に長期間にわたるものであったが、熊ちゃんはこの新しい中学校で学ぶことはなかった。それは三次中学（旧制）と三次高等女学校（旧制）との合併に伴い、三次高等女学校の建物が、そっくりそのまま地域の新制中学校に払い下げられたからである。そして、近隣の町村の組合立の新制中学校として生まれ変わり、熊ちゃんはその組合立の中学校に行くことになるからである。正に戦後は教育界においても混乱を極めた時代であった。

第四節　小学校への憧れと草履通学

集落の参加による共同作業は、非常に長期間続いたので、その間は学校の様子など耳に入らず、何か取り残されたような気持ちがした。一日も早く、学校へ行ってみたいという思いが募るばかりであった。ある日、土木作業が終わって貨物自動車に乗って帰る途中で、同級生の幹やんが、その車を追いかけてきた。解散場所である農協の広場に着くやいなや幹やんが近づいてきて、「今日は修了式だったので修了証書を学校から預ってきた」といって、学業の一定の課程を終えたことを証明する修了証書を渡してくれた。「ありがとう」。幹やんは非常に気の優しい友人で、とても気が合って集落でもよく一緒に遊んだものであった。高学年になると、大人の代わりに土木工事などに参加する機会も多くなり、勉強の合間に仕事するというより、仕事の合間に勉強するというような状態が増加した。それ故、学校へ行かせて貰った時は、一生懸命に勉強し、教わったことは、その場で理解し、記憶するという具合であった。算数のような科目は、精神を集中しなければ理解不足になるので、精神を統一し一心不乱に勉強した。

とくに、算数の時間に実施される算盤による計算は熱心にやったので、クラスの中でも上位にいた。カッパ先生は、近いうちに、近隣町村の小学生による算盤大会があるが、その代表として熊ちゃんを指名された。熊ちゃんは代表を受けることはできないと聞き入れなかった。それは、熊ちゃんとしては皆出席の同級生に申し訳ないことであり、何よりも重富家での農作業のこともあったからである。兼ねてから物事がうまく運ばない場合は、全員で責任を取るという主義であったカッパ先生は、クラスの全員に向って、「校舎を一〇回回ってこい」、「しかも鞄を持ってからにせよ」といわれた。何が何だか分からないまま鞄を持ち負荷をかけ歩きにくい姿で回った。何故、みんながこんな目に遭わねばならないのかと熊ちゃんを恨んだ。熊ちゃんは自分のせいでクラス全員に苦しい目に遭わせているなど忍びないと感じていた時、クラスの一人が代表は熊ちゃんでいいんじゃないかと発言した。つまり、クラスが推すという形となり、大会出場の代表が決った。

カッパ先生は熊ちゃんの置かれた立場を理解されていて、このような手段を取られたのではないかと思った。算盤大会に出場するには、そのための準備も必要で、放課後、居残りして、大会の成果がでるようにと懸命に練習した。練習が終わると少しでも野良仕事ができるようにと肩掛け鞄を小脇にはさんで、走って帰った（走って帰宅した成果かどうか分からんが、後年、新制中学で県北の中学校駅伝大会出場という経験をした）。かくして、算盤大会は高田郡小田村（現・安芸高田市）の小学校を会場に実施された。大会の成果は記憶はないが、参加の責任だけは果たすことができた。その時、カッパ先生の弟さんにも出会ったが、弟さんも小学校の先生であった。その後、弟さんは小学校の先生を辞めて、広島高等師範学校（現・広島大学）に入学されたとのことであった。広島大学は明治三十五（一九〇二）年創立の広島高等師範学校、昭和四（一九二九）年創立の広島文理科大学を母体に、その他五つの専門学校、広島県立医科大学などを統合し、昭和二十四（一九四九）年、文学部、教育学部、政経学部、理学部、工学部、水畜産学部をもって新制大学として発足した。同二十六（一九五一）年医学部、同四十（一九六五）年歯学部、同四十九（一九七四）年総合学部、平成十八（二〇〇六）年薬学部をそれぞれ設置している（螢雪時代編集部編『全国大学内容案内号（二〇〇九、八）』旺文社、二〇〇九年、二三一ページ）。

何故、小学校の先生までされた人が、高等師範学校に入学して学生になるのか、熊ちゃんには理解できなかった。弟さんは中学校（現・高等学校）の先生になりたかったとのこと、師範学校卒業だけでは、中学校（旧制）の先生にはなれず、さらに上級の高等師範学校を卒業する必要がある。なお、高等師範学校を卒業すると中学校（旧制）はもとより高等女学校（旧制）、師範学校（旧制）でも教えることができるからとカッパ先生は説明された。話は変わるが、深瀬小学校へは長い道程なので、朝食を終わったら必ず厠で用足ししてから通学することを習慣にしていたが、その習慣を守らずでかけたら、通学の途中で厠に行きたくなり、山中の中で用足しをしたことがある。仲間うちでは野山で用足し（大便）することを猫繋ぎといっていたが、何故、猫繋ぎといっているかは分からない。また、通学時には草履を履いて通うのであるが、重富父さんは新品の草履をも一対持参するようにといわれたので、それを肩掛け鞄に結び付けて学校へ通った。

その理由は、学校までの距離が長く、石だらけのでこぼこ道を歩くので、すり切れたり破れたりする故に、別に一組み持たせるのである。雨降りの時は、雨傘とかレインコートといった気の利いた雨具はなかったので、菅の葉で編んだ菅笠や藁で編んだ蓑を着て通学した。現在のような豊かな時代の子どもたちには想像もできないことである。服装は男子は学生服を着ているが、女子も洋服を着ている児童もいたが、和服（着物）を来た児童もいた。冬は男子と女子も一様に綿入れ袖なし羽織であるちゃんちゃんこを着ていた。女子児童の中には学校にくるのに妹など背負ってくる児童もいて、授業の開始まで自分自身で子守りをしていたが、授業が始まると、そのうち校長先生が教室を見回りにきて、その幼児を校長室に連れて行き、比較的時間の余裕のある校長先生が子守りするという日常があった。農村では子どもが沢山いて、親たちは野良仕事が忙しいので、兄姉は弟妹の面倒をみるのは当り前のことで、小学校へ通う位の子どもは農家にとって、大きな労働力であり戦力であった。

その最も手取り早い戦力は子守りであるが子守りばかりしていたのでは通学できないので、ついつい幼児を背負って学校にくることになる。同級生の親の職業はほとんど農業で、中には店屋とか役場などの公務員の家庭もあったようだが、農業以外の家庭は奇異な感じがした。

ついで、学校給食のことであるが、深瀬小学校には学校給食というようなものはなかった。

日本で学校給食が始まったのは、明治二十二（一八八九）年、山形県の私立小学校で、貧困児童を対象に、学校で調理したものを昼食としてだしたのが起源であるとされている。昭和七（一九三二）年、経済不況による就学難児救済のため、初めて国庫補助により、学校給食が実施された。栄養不足児や身体虚弱児、また、児童の体位向上などの目的で発達して行ったが、第二次世界大戦の激化と学童疎開により中止された。昭和二十二（一九四七）年、文部省は連合国総司令部の協力のもと全国の小学校において学校給食を再開した（前掲書『図説　教育の歴史』八五ページ）。

学校給食の体験は、小学校を何時、何処で過ごしたかにより異なる。今日でも小学校給食を実施しない地域があり、その実施の違いは、地域の歴史的な背景や自治体の規模と財政、小学校数などの種々の要因がある。教科書に関しては、公立の小学校では全国的にほぼカリキュラムの教育が原則で、全国一律の習熟度が求められているが、学校給食を実施するかどうかは自治体により相違がある（牧下圭貴『学校給食』岩波書店、二〇〇九年、五〜六ページ）。深瀬小学校では学校給食を実施しなかったので、学校に通っている児童の家庭が、集落単位で交替で味噌汁作りにくるだけで、弁当は児童各自で持参した。殊の外、重富父さんの作られる野菜、豆腐、海藻などを具にした味噌汁は抜群で評価は高く、同級生たちも重富父さんの作る「味噌汁は最高や」と褒めてくれた。この時は熊ちゃんはとても嬉しく誇り高く思った。それもそのはず、重富父さんは若い頃、都会で修業したことのある腕のある調理人であったからである。

また、児童たちが持参する弁当のおかず（副食）は、殆んどが漬物で、その漬物には塩、糠、味噌、麹、醤油、酢などバラエティに富んでいた。漬物の味は各家により異なるので、それぞれ交換して食べたものである。時に、卵（玉子）焼や焼魚、焼肉など持参するとみんなが寄ってたかって取り合って食べ、持参した本人よりも仲間の児童の方が多く食べるということもあった。同級生の中には殆んど毎日、卵焼を副食として持参する児童がいたので、「どうして君のところは卵があるんだ」と尋ねたら、「道路を挟んで家の前が川で、そこに大きな川原があり、どこのアヒルか分からんが多く住み着いている」、「そのアヒルが毎日、卵を生むので、それを拾って帰り、卵焼きにして持参している」といっていた。「それじゃ拾ったアヒルの卵かいな」、「そうなんだ」といって詳しく説明してくれた。アヒルの卵は鶏の卵より少し大き目で、時々貰って食べたが、アヒルの卵も鶏の卵も、食べ比べたことがないので美味しさは分からない。だが、その道の通の話では、美味しさはほとんど差はないと語っていた。

さらに、冬などは大火鉢が教室に備えられるので、火鉢で餅、芋など焼いて食べる児童がいたり、漬物を焼いて食べる児童もいたので、熊ちゃんも漬物を焼いて食べてみたが、何ともいえない旨い味であった。弁当は冷めたいものより温かい方が美味しく食べられるので、火鉢の周囲に並べて温めたものである。より寒い地方では、各自の家から持参した弁当を温める暖飯器が各教室に準備されていた。弁当が温まってくると授業をしている教室一杯に、漬物、煮魚など様々な匂いがしてきて、昼食時間を待ち焦がれたものであった（前掲書『図説　教育の歴史』八五ページ）。また、餓鬼大将的な児童もいて、土でできた四角い大火鉢の上に乗って尻を暖めながら弁当を食べる猛者（もさ）もいた。それでも焼いた芋や焼いたするめなどは、みんなと仲良く分配して食べ、昼食時間は実に楽しい自由かつ休息の一時（いっとき）であった。

9章 晴れて深瀬小学校を卒業

第一節 道草と進駐軍のキャンプ

学校の登下校には、しばしば道草をして時間を浪費した。たとえば、桑畑に入って紫黒色に熟した桑の実を採って食べたが、桑は蚕を育て、繭を取るための養蚕用に植えられているもので、田舎では大切な収入源なので、桑の木や葉を傷付けることはしなかった。また、農家の人が丹誠込めて作っている空豆や豌豆を採って食べたが、時に農家の人にみつかり、「何をしているのだ」と尋ねられたら、「魚釣りの餌にする害虫の青虫を捕っている」など弁解して、その場を取り繕ったものである。それにしても、空豆などが生で食べられることを知ったのは、田舎の集落にきて同級生から教えて貰ったからである。これは農家で育成されている野菜ではないが、道端や山に生えているスイバ（酸葉）なども採って食べたものである。さらに、イチゴ採りもよくやった。イチゴといっても、家庭で食用とするために栽培しているオランダ・イチゴ（ストロベリー）とは違う。なお、オランダ・イチゴに似たイチゴに、ヘビ・イチゴと称するイチゴがあるが、味はよくないがイチゴには毒はなく、赤い花托は食べられる（長田武正『野草の自然誌』講談社、二〇〇三年、一四〇～一四一ページ）。

だが、集落の子どもたちはヘビという名称を気味悪がって食べることはなかった。何はともあれ、われわれの感覚からすると不思議な気もするが、あの美味しいオランダ・イチゴ類は野菜なのである。イチゴをはじめメロン、スイカなどは一年の間に発芽して結実する一年生草本植物である。農林水産省の定義によると、果樹とは二年以上栽培する草本植物および木本植物であって、果物を食用とするものとしている。それ故、一年生草本植物のイチゴ、メロン、スイカは果樹でなく野菜なのである（前掲書『プロが教える農業のすべてがわかる本』一四五ページ）。

集落の子どもたちがよく採ったのはオランダ・イチゴではなく木イチゴで、山野に自生している紅葉（もみじ）イチゴである。集落の山野には無限と思われるほど、あちこちに群生していた。そのイチゴを採って、弁当箱に詰めて持ち帰ったり、その場で腹一杯食べたりした。紅葉イチゴには、紅葉イチゴ特有の三角形の尖った堅い刺があり、注意しないと刺にさされて血がでたり、衣服が破れたりすることがある。

より注意が必要なのは、紅葉イチゴの群生は、険しい切り立った崖や山の傾斜の急な場所に実っている。それ故、結実している紅葉イチゴを採取するのに困難と危険を伴うことである。

真直ぐな道

ことに、集落に繋がる真直ぐな道を行くと、外れに粟屋村（現・三次市）に通じる道が山側に沿って走っている。その山側に並行している崖上にある紅葉イチゴは、比較的採りやすいところにあるので、女性でも簡単に採ることができた。現に、高等女学校（現・高等学校）に通っている女学生や一般の婦人など多くの人が集中してイチゴを採っていた。そこで、小学校の男子児童は女性の手前もあって、比較的困難な場所を選択せざるを得なかった。それは、子どもながらにええ格好して、いいところを顕示したかったのであろう。紅葉イチゴ採りは、色々な人と様々な形で、コミュニケーションを取りながらの作業（遊び）で楽しくもあり面白味もあった。

さて、深瀬小学校に通っていた時は、まだ戦後の占領政策が続いていて、日本は独立していなかった。昭和二十六（一九五一）年になって、日本講和独立の動きが本格化し、九月八日、四八か国の調印により、サンフランシスコ講和条約が成立すると共に、日米間における安全保障条約も締結されたが、その後も米国が日本に駐留することになった。翌昭和二十七（一九五二）年四月二十八日に全調印国の批准で、日本の講和独立と国際社会復帰の道が開けた。それは、全面講和ではなく、多数講和で未調印国との間での国交回復には、さらに長い歳月を要することになる（前掲書『戦後日本経済史』九五ページ）。日本はこのような歴史的な過程を経て独立国となるのだが、それまでは、戦後ずっと連合国の占領下にあり、中でも主に米軍が支配したので、米国の軍隊が日本全国に駐屯していた。いつの間にか敗戦は終戦に、そして占領軍は進駐軍と呼称されるようになった（前掲書『戦争と子どもたち』（六）八ページ）。実際に日本占領政策の実施のために、進駐軍（占領軍）が厚木航空基地に到着したのは、昭和二十（一九四五）年八月二十八日であり、つづいて三十日、ダグラス・マッカーサー連合国軍最高司令官（元帥）を先頭とする連合国軍隊の日本進駐が始まった。

日本に着いたマッカーサー元帥は、横浜税関を総司令部（G・H・Q）に当て、この日から日本占領は開始されたのである。九月二日、東京湾に入港したミズーリ号艦上で、マッカーサー元帥や連合国各国代表者と日本側重光、梅津両全権との間に降伏文書調印式がされ、よって日本は正式に占領下に置かれた（前掲書『日本の歴史（第二六巻）』三八〜三九ページ）。

進駐軍（占領軍）は全国の至る所で歓迎され、河原にしばしばテントを張って野営（キャンプ）を行なった。河原でキャンプをしている進駐軍の兵隊と友達になることがあり、兵隊たちは今まで見聞きしたこともない珍しいものを子どもたちにみせてくれた。珍しいといえば進駐軍の乗っている、どんな悪路でも走ることのできる小型自動車ジープである。このジープは戦争中、各戦線で大活躍した。第二次世界大戦でもサンゴ礁の海浜から泥まみれのジャングルに到るまで縦横無尽に走行した。偵察用、傷病兵の運搬はもとより、重機関銃を装備して戦線の後方でも攪乱するといった芸当も演じた。大戦中、水陸両用ジープ（ＧＰＡ）一万二〇〇〇台を含め六四万七〇〇〇台が生産されており、ジープは連合軍の勝利の鍵の一つを握っていたといわれている。なお、ジープという名前はポパイの漫画にでてくるけったいな動物ジープに来歴するともいわれている。漫画のジープ同様に、何でもできる万能車であったからである。ただし、異論もありフォード・ピグミーのコードナンバーの頭字が、ＧＰＷであったのでジーピーが訛ってジープとなったという説もある（折口透『自動車の世紀』岩波書店、一九九七年、一六三〜一六四ページ）。

また、金属製容器に入っている缶詰も珍しく、牛肉の缶詰などは目新しい食べ物であった。殊の外、注目の的となったのはチョコレートとチューインガムで、進駐軍の兵隊は気前よく子どもたちにくれた。この珍貴なチューインガムを何とか子どもでも作れないかと思案していたら、誰が工夫したかは定かでないが、ついに作り方を見出した。それによると、生ゴムと固体化した松脂とを一緒に口の中で噛んで噛んで…こめかみが怠く、痛くなるまで噛んで生ゴムと松脂とを混合させて作るのである。しかし、チューインガムになるためには松脂で口中が大へん苦くなるので、舌を刺激する嫌な臭味が抜けるまで、何度も何度も唾液を吐きださねばならず、それはそれは、とても忍耐と努力が必要であった。このような苦労してでもチューインガムには魅力があり、チューインガムを創造した米国に憧憬の念を抱いた。

それだけでなく、進駐軍の軍服にも心が引かれるものがあったが、軍服は無理でもせめて進駐軍の冠っている帽子を紙で真似して作り、その帽子を冠って学校へ通ったものであった。戦後、少しの間だが仲間と一緒に小高い丘の上にある八幡神社の森から国道を進駐軍のジープが通るたびに鬼畜米英など大声で叫んだが、あれは一体何だったのかと思ったものだった。だが、占領の目的などがどのようなものであるか、はっきりと日本人も分からないので、進駐軍きたるの報道が全国に伝わった時の日本人の不安な表情と狼狽は、忘れ難い光景であった。これも、初めて敗戦を経験し、外国軍隊の進駐を受けるのであり、それ以上に報復の心配など恐れたからで、それらはきわめて、自然なことであった（前掲書『日本の歴史（第二六巻）』四〇ページ）。また、学校では、今まで使用していた教科書は、ことごとく誤りであるとのことであった。日本に進駐した占領軍（進駐軍）は、教育に関して各種の指令や要求を実施した。

まず、昭和二十（一九四五）年、連合軍総司令部は占領教育政策の基本方針を示す指令を発し、その一つが軍国主義的な考え方を助長していたとして授業の一時停止、教科書の回収、教科書改訂案の作成などを命じたものである。学校の授業は、終戦翌月の九月から再開されたが、従来の教科書で戦時的色彩が強い内容・部分などに墨を塗ったり、この内容、部分を切り取ったりしたのであった（前掲書『図説　教育の歴史』七六〜七七ページ）。教科書の不適切な内容・部分などは先生の指示通りに各児童が墨で塗りつぶしをした。日本の国は神様が創造した神国である、と長い間、信じ込まされた神話はすべて否定され、そのような記述のある教科書は使用されなくなった。その代替として新聞紙を折り畳んだような教科書が登場したが、開いたり畳んだりするうちに、くしゃくしゃになり破れたりして大へんであった。自由で民主的な時代が到来したので、同級生の中にもいろいろと高度な内容の本を読む児童も現われた。

その代表的な児童が寿くんであった。寿くんは少し頭が大きかったらしく、同級生が仮分数から暗示を得て別の徒名があったようだが、非常に頭のよい児童だった。また、早熟な読書家で、小学生にとってかなり難しい小説なども読んでいたとのことである。寿くんは、全校読書発表会に同級生代表として出場するなど、読書の大家的存在となっていた。寿くんは身体も大きく非常に貫禄もあり、妙に熊ちゃんとは馬が合った。

第二節 学芸会・競技会と遊び、音楽の時間

学芸会で「少年筆耕」という題名の劇を同級生三人で演じることになった。主役の少年は熊ちゃんが、少年の父親役は寿くんが、少年の母親役に政えちゃんが選出された。政えちゃんは背が高く、きりっとした児童で母親役としては最適であった。物語は少年が学校に通いながら夜業仕事に筆耕の内職をして、貧乏家庭の生計を助けるという物語である。何故、カッパ先生が熊ちゃんをこのような主役に抜擢されたのかの理由は分からない。カッパ先生は、児童たちから慕われていて、丸い黒眼鏡をかけての笑顔は最高で誰もが癒される。だが、児童が悪戯をした時は、廊下に立たせたり、掃除をさせたり、時には拳骨を与えるなど厳しい一面もあった。最も多い罰は校庭を隅から隅まで竹箒きで掃き清めるといった掃除罰であった。一人の児童が悪いことをしても、クラス全員を集めて、「全員で校庭を掃き清めてこい」といわれた。「何で関係のない人間まで共同で掃除するんだ」と反発する児童もいた。

だが、とに角、全員で責任を果たし、それが終ると代表者が掃き清めが終ったことを報告すると、報告を受けられたカッパ先生は点検され、掃除の結果が悪ければ、何度も何度もやり直しさせられた。掃除をやる際、仕方なく嫌だと思いながら行なうようでは、人間は反省しないものだと考えられていた。やがて一人の悪戯はクラス全体に及ぶのだという精神が芽生え、悪

戯は次第に減少して行った。また、カッパ先生は花に大へん興味を持たれ、広い校庭の片隅に草花を植えられるようにと花壇を作られていた。そして、カーネーション、百日草、ユリ、マーガレット、キキョウ、ベゴニア、菊、日向葵、霞草、鶏頭、スミレなど四季の草花を植え愛でる優しい先生でもあった。とくに、スミレは野生の花で、多くは野生群のもので人手を入れないままに、自然に咲くとのことである。一般に、スミレの花色は白、淡紫、紅紫、淡紅と色取り取りだが、基本型は濃い古代紫である。山野に自生するが、都市近郊や農村の日当りのよい、小川の縁や路傍（路辺）に多く咲いている（前掲書『野草の自然誌』一一四〜一一五ページ）。スミレは野に咲く花と称されており、山野に自生する草花に心が引かれると語っておられた。

さらに、カッパ先生は体を鍛え、健康を保つための運動について関心が強く、深瀬小学校のような農村にある小規模な学校であっても、都会の大規模の小学校の児童に負け、劣等感を抱いてはいけないと教えられた。大規模校の甲立小学校へ陸上競技、とくにトラック競争の試合を提案された。一般に陸上競技というものは、参加した全員が同じ条件で競技しうるよう規則が定められており、競技場の規格も厳格で、競技場ごとの条件が極端に異なることはない。条件が統一されているので、陸上競技記録は比べることができる。自分の記録が競争相手と比較してどうなのか、どれ位の差があるのか、一〇〇年前の記録とはどうなのかも比較できる。記録が比較できる面白さは陸上競技ならではといえる。厳密的にいえば競技場そのものやレーン、天候、風向きなどにより微妙に違うので、このような条件に適応することも重要である。ただ、記録という点からいえば、陸上競技はほぼ統一された条件でプレーできる競技だといえよう（木村邦英『もっとうまくなる！陸上競技』ナツメ社、二〇一〇年、九ページ）。

このような視点に立脚されていたカッパ先生の考えは、相手校に理解されトラック競争という形で受け入れられ、試合することになった。クラスの児童数からみても天と地ほどの差があったが、カッパ先生は勝敗は人数の規模ではなく、挑戦する気持ち（気合）が重要であるといわれた。早速、代表者を選定することになったが、日頃から目を付けられた秀やんと武ちゃんが選出された。秀やんが俊足を誇る児童であることは、全校で知らない者がいないほどだったが、武ちゃんが足が速いことはあまり知られていなかった。試しに走ってみたが、武ちゃんの意外性にはクラス全員が驚嘆した。その後、カッパ先生は運動の大切さを悟らせると共に、運動することは楽しいことであることを教育された。学校の秋季運動会では、熊ちゃんも校庭に設置されている朝礼台上で模範体操みたいなことをやるようにとカッパ先生から指名されるほどになっていた。全校生の前で挨拶し、朝礼台上で体操するなどとても気詰りで、度胸のいることであったが、このような機会を通じて何とか人前で落ち着いて行動のできる人間に成長したような気がした。

また、学校では様々な子どもの遊びをやった。遊びというのは、本来無数で種々あり、社交的な遊び、技の遊び、戸外の遊び、根気の遊び、建設の遊びなどほとんど無限である。このような多様性にもかかわらず、不変なのは遊びという言葉が常に、くつろぎ、リスク、巧妙といった理念を呼び起こすことである。それは、必ず休息、憩い、または楽しみの雰囲気を伴うが、現実生活に対して結実をもたらさない活動を想起させる。それは、現実生活における真面目とは反対であり、軽薄とみなされているからである。また、それは労働とは反対であり活用された時間ではなく、無駄な時間とされているからである。実際、遊びは何ものも生みださないし、財産を生むことなく、本質的には不毛で遊びをやり始める度に、遊びをする者は何時もスタートの際と同じ条件のゼロの地点に立っているのである（R・カイヨワ著、多田道太郎、塚崎幹夫訳『遊びと人間』講談社、一九九六年、一三ページ）。

そのような簡単な遊びとして「鬼ごっこ」遊び（鬼遊び、鬼渡し）をした。その方法は、一人の児童が鬼となって、他の児童たちを追い回し、鬼に捕まった児童が、次の鬼となるといった遊びで、みんなが疲れてもう止めようというまで何時までも続ける。とくに逃げ足の速い春くんや啓ちゃんはめったに捕まることはなかったし、三きちゃんや美ほちゃんも動作が軽快であった。また、「ジャンケン」遊び（石拳）というのもやった。その方法は片手でグウ（石）、チョキ（鋏）、パア（紙）のいずれかの形を同時にだし合って勝負を決める遊びで、その規則はグウ（石）はチョキ（鋏）に勝ち、チョキ（鋏）はパア（紙）に勝ち、パア（紙）はグウ（石）に勝つといった遊びである。何故か克ちゃんや勉ちゃんはめっぽう強かった。つづいて、「缶蹴り」遊びもよくやった。その方法は空き缶を使用したかくれんぼで、定めた地面に丸印を付け、その丸印を付けた地面に缶を置き、その置いた缶を蹴り、それを鬼となった児童が、丸印の場所に戻す。鬼が丸印の場所に戻している間に他の児童は隠れる。鬼は逃げて隠れている他の児童を発見する度に丸印の場所に置いてある缶を踏みに戻らねばならない。

だが、隠れる側の児童は鬼の児童が離れたすきに缶を蹴ってもよく、その時はすでに発見された児童も再度、逃げ隠れることができる。このルールに従って缶蹴りの遊びも誰かが中止しようというまで行なわれた。百りちゃん、弘ちゃんはとても身軽に行動していた。とくに、男子児童の間に実施された遊びだが、「ケンケン相撲」（角力）という遊びをよくやった。その方法は適当な大きさ（大相撲に使う大きさに準じたもの）の土俵を棒切れで地面に描いて、その土俵の中で片足でぴょんぴょん飛び跳ねながら、素手で二人の児童が取り組みをするのである。ケンケン（片足跳び）ができず、どっちかの児童が両足を地面に下ろせば、それで負けとなる。二人の児童の間でケンケンをしながら取り組み対戦相手をケンケンしない方の足で、足掛けして投げ、対戦相手が両を地面に着けば負けである。なお、ケンケンのまま対戦相手を地面に描いた丸い土俵から外へ押しだしても勝ちとなる。このような競技的な遊びもよくやったが、ケンケン相撲で並外れに強かったのは秀やんであった。秀やんはケンケン相撲の横綱というところで、熊ちゃんなどは一度も秀やんに勝ったことはなかった。時に山林に入って木登り遊びというか木登り競争というか、このような遊びをたびたび実施したが、郎やんに勝つ者はいないほど上手で、丸で猿の如き動きで木から木へ飛び移る芸当は、誰も真似のできないほどで、正に木登りのチャンピオンであった。

次は遊びではないが、深瀬小学校には年季の入った角が禿げたような小さな古ぼけたオルガンが一台あった。そのオルガンによる音楽の時間(授業)は遊びに匹敵する位、楽しいものであった。音楽の先生は丸顔のふくよかな女の先生で、赤トンボ、故郷、月の砂漠、七つの子、草競馬、スワニー河、オールド・ブラック・ジョーなどを演奏され、それに合わせてみんなで大声を張り上げて合唱した。何故か、熊ちゃんは米国の作曲家スティーヴン・フォスターの歌曲が好きであった。フォスターは一八二六年六月四日、米国の独立記念日に、ペンシルヴェニア州ピッツバーグの近郊で生まれた。ピッツバーグはフォスターの生涯にわたる活動の拠点であり、この地を離れたことはあっても、再びこの地に帰るという生活をその短い人生(三七歳で死亡)の大部分で、繰り返していた(藤野幸雄『夢みる人作曲家フォスターの一生』勉誠出版、二〇〇五年、一五ページ)。

フォスターは、この短い生涯の中でも一八六〇年になって、六月までの間に六曲の新作を作った。この六曲はいずれも傑作とみなされていないが、フォスターとしてはかなり作品に打ち込んでいた。この六曲は黒人の吟遊詩人あり、コミカル歌あり、禁酒歌あり、ロマンス曲があり、幅広いジャンルに取り組んでいた姿がみられるからである。だが、一八六〇年の末頃、最後の曲「オールド・ブラック・ジョー」は、フォスターの代表作の一つとみなされている。この曲は黒人の悲歌であるが、歌謡曲の時代は過ぎていたといわれている作品だけに、これはむしろフォスターの感情から発したフォスター自身の歌であったといえよう（同上書、二一八〜二二二ページ）。歌曲「オールド・ブラック・ジョー」は、次のようなものであった。一、若い日も夢と過ぎ　この身は悲しく老いた　友らが神のみもとで　やさしく呼んでいる　オールド・ブラック・ジョー　＊すぐに行くよ　みんなのところに　もうじき会いにゆく　オールド・ブラック・ジョー　（＊くりかえし）

二、悲しいことはない国　苦しいことがない国　静かに眠れる国で　やさしく呼んでいる　オールド・ブラック・ジョー　（＊くりかえし×二）

一九世紀の人権意識の高まりと共に、まずヨーロッパで、ついで米国で奴隷解放運動が拡大をみせた。フォスターの「オールド・ブラック・ジョー」は、米国での奴隷解放運動が一層高揚していた一八六〇年に発表されたものである。年老いた奴隷の心情が心の底から歌われており、奴隷たちも同じ人間なのだということを心静かに訴えかけているようである。そして、一八六一年にリンカンが第一六代・米国大統領に選出されて、歴史は大きく動いて行ったのである（宮本明編『ベスト・オブ・世界のうた、日本のうた』ビクターエンタテインメント、二〇〇六年、二六～二七ページ）。何故か、熊ちゃんはフォスターの歌曲「オールド・ブラック・ジョー」が野良仕事をしている時でも耳に残存していた。

第三節 ♣ 二宮金次郎像の運搬と一里塚

熊ちゃんが深瀬小学校へ転校した際は、二宮金次郎（尊徳）の銅像はなかった。その二宮金次郎が生まれた天明七（一七八七）年は、大飢饉の時代で、百姓一揆が頻発に起っている。二宮家は十数町歩の田畑を有する裕福な農家であったが、酒匂川の大洪水で全部が流失するという被害を受けた。寛政十二（一八〇〇）年、金次郎一四歳の時、父は四八歳で病死して、二宮家は貧乏のどん底にあった。毎夜、悲しみに暮れる母をみて、金次郎は日の出前から薪を採ってきては売りに行き、草鞋（わらじ）を編んでは家計を支えようとしたが、貧窮のどん底にあった二宮家は、正月になっても祝うことができず、戸を締めて母子とも息を潜めて留守を装うほどであった。その上、母は三六歳の若さで急死したが、この時、金次郎一六歳、常五郎一三歳、富次郎四歳であった。弟たちは母の実家へ、金次郎はおじ万兵衛宅へ引き取られた。金次郎は農作業に精をだす一方で、立派な百姓になるには、聡明（英知）さを身に付けることであり、そのためには学問が必要であると考えていた。

学問することが聡明な百姓になる近道だとは、万兵衛はとても考えられなかった。学問など百姓には不必要なもので、金次郎の勉強を苦々しく思っていた。ここで注目されるのは金次郎の勉学の特色である。それらは自発的であること。聡明さを開発すること。働きながら勉強することの三点に集約しうる。この三点を象徴的に表現したものが、薪を背負って本を読む少年金次郎の銅像である（長沢源夫『二宮尊徳の遺言』新人物往来社、二〇〇九年、一八〜二三ページ）。このような金次郎の働きながら勉学する姿は人々の手本になるということである。戦前はどこの小学校でも必ず校庭の隅にあったが、戦時中、戦争が激化してきて、鉄など不足してくると民間の家からも鉄製品を収集する運動が始まり、各家の鉄製品は鍋、釜に至るまで、ことごとく寄せ集めるよう通達がでた。終局的には銅像の銅は鉄砲や大砲の弾になるということで、二宮金次郎の銅像まで収集命令がでた。

しかし、戦後、しばらくして二宮金次郎は小学校の児童の鑑・模範となり得る人物ということで設置が始まり、深瀬小学校で設置運動が生じ、ついに二宮金次郎像の寄付者が現われた。それは、秋町の篤志家である山田三朗治さんという人であった。金次郎の銅像を深瀬小学校まで運ぶため熊ちゃんたちは三朗治さん宅へ行った。そして、金次郎の銅像を大八車に乗せて深瀬小学校まで引張ったり押したりして運んだ。それはそれは立派な金次郎の銅像で、その銅像は校門を入ると校庭の左側の目に付きやすい部分に設置された。その付近には玉砂利を敷いて、さながら小さな公園になり、また金次郎銅像の立っている台盤は自然石を芸術的に積み上げ、その上に登って遊んだりできる程大きなものであった。クラス全員の写真などの撮影は、必ず二宮金次郎銅像を背景としたものであった。

多分、社会科の授業だったかと思うが、ある時、カッパ先生が深瀬小学校へ通っている児童で一番遠くから通学しているのは、秋町の亀の甲集落の子どもたちのようだが、どれ位の距離があるか測定してみたらと提案された。どのように測定するのがよいか、意見をまとめて提出するようにいわれた。そこで、関係児童が相談の結果、一〇〇メートルの縄を道路で引張りながら、その縄が何回であったかを計測すればよいということになった。そのアイデアをカッパ先生に持参したら、「よい考えだ、道路では十分気を付けて実行してみなさい」ということになり、一〇〇メートルの縄を使う方法で計測することになった。戦後すぐの田舎の道路、県道はいうまでもなく国道といえども例外なく舗装されてなく、歩道というようなしゃれた道は存在しなかった。自動車はあまり通らないし、ちなみに亀の甲集落には、自動車を所有している家は皆無であった。戦後の主要な自動車メーカーの出発は貨物自動車の生産から始まったが、終戦の年、昭和二十（一九四五）年八月十五日までの七か月間で生産された貨物自動車の総数は六七二六台であった（前掲書『国産トラックの歴史』五八ページ）。

参考までに、日本の乗用車元年と呼ばれた昭和三十（一九五五）年、日本の二大自動車メーカーから相次いだ戦後初の本格的モデル、トヨペット・クラウンRSとダットサン110が登場した。なお、昭和二十五（一九五〇）年における乗用車一台当り人口数は米国四・六人、ヨーロッパ四八・五人、日本は何と一九六・六人であった。その年の生産台数は米国六六二万八五九八台、ヨーロッパ一一〇万五八六台、そして日本一五九五台であった。昭和三十（一九五五）年の輸出台数は乗用車でたったの二台、トラック・バス、特装車を含めてもようやく一二三一台でしかなかった時代であった（前掲書『自動車の世紀』二〇〇〜二〇五ページ）。このように昭和三十年代ですらこんな状態だったので、ましてや昭和二十年代の初め、昭和二十（一九四五）年、昭和二十一（一九四六）年、昭和二十二（一九四七）年、昭和二十三（一九四八）年は、自動車で集落の小学生がひかれるなど考えられなかった。たまに自動車が通るとあの排ガスの臭いを喜んで嗅いだものであった。このような道路事情下での調査であるので、何もかも順調に進行した。

通学路である秋町の国道筋には一里松といって、大きな松が生えており、その松の下に小高く土盛して、その辺りを大小の石で囲んだ塚があった。それは、江戸時代の寛永十（一六三三）年、広島浅野藩の布令により出雲（雲石）街道に沿って築かれた一里塚である。この秋町の一里塚は、国道の改修工事などで塚部分は埋め立てられて、形状は判明し難くなったり、今日その面影はないが、広島—三次間に残る唯一のものとして、昭和三十七（一九六二）年四月二十五日、「市史跡」に指定されている（前掲書『ガイドブックみよし』一五ページ）。だが、熊ちゃんの小学校時代は一里松（一里塚）と呼称して、夏の暑い時や疲れた時などには、一里塚で休息したものであった。過ぎ去った古い時代の旅人も一里塚を里程標として、利用したことを思う時、感無量なものがあった。その一里塚を通る途中の左側の丘の上に春くんの家があり、一里塚を通り進むと昌くんの家のある小さな商店街にでる。

その商店街を突き抜けると秋町の郵便局に行き当り、それを左折すると真直ぐな道路となり、すぐ右側の道路下に三きちゃんの家があった。左側を眺めると丸く盛り上った森があり、その下側に美ほちゃんの家があり、そのずっと奥の方に郎やんの家があった。前に示した真直ぐな道路のず〜と、ず〜と先に亀の甲集落があり、その一番手前が熊ちゃんの家、その左奥に秀やんの家、一番奥に幹やんの家があった。幹やんの家を少し下った道路端左片方は山、右片方は川が流れている。そこに四〜五本の大きな杉の木があり、そこまでを終点として測定したら、記憶に間違いなければ、ほぼ一里（四キロメートル）あったように思う。このようにみると、深瀬小学校から一番遠い亀の甲集落を通学圏とすれば、熊ちゃんたちは約一里の距離を歩いて通っていたことになる。一里の道程は小学生の低・中学年には相当な距離になるが、学校へ行くのは実に楽しかった。

しかし、登下校にそれ相応の時間がかかるので疲れてしんどいこともあったりして、何でもないことに、一寸のことで仲間同士で諍いが起こることもあった。最も悪質になると野良仕事をしているおじさん、おばさん、さすがにおばさんを揶揄することはなかったが、面白がってからかったものである。「権兵衛が種蒔きゃ、烏がほじくる」などいって児童たちも田舎者であることを棚に上げて嘲弄したものである。とくに、おじさんでも少し若い活気のある兄さんをなぶって、「兄さんの名前は、何ちう名前や権兵衛さんか」など、ひっこい（くどい）ほどいなげなこと（変なこと）をいったものである。若い生きのいい兄さんが田んぼから追いかけてくるようなら、道路上にいる児童たちは一目散に走って逃げ、決して捕まることはなかった。そこはよくしたもので、兄さんたちは「全く手に負えない餓鬼どもだ」といって引き返して行った。このようにして、一里の道程を悪戯をしながら時間を費やしたもので、学校の行き帰りの道草こそ面白く楽しいことはなかった。

第四節　修学旅行と小学校卒業

小学校（深瀬小学校）の集大成過程は、何といっても修学旅行である。まず、学校教育法の第二章小学校、第一七条〔目的〕、小学校は心身の発達に応じて初等普通教育を施すことを目的とするとなっている。第一八条〔教育目的〕、小学校での教育に関して、「目的」を実現するため、次の目標達成に努めなければならないとしている。一、学校内外の社会生活の経験を基に、人間相互の関係について、正しい理解と協同、自主、自律の精神。二、郷土および国家の現状と伝統について、正しい理解に導き、進んで国際協調の精神。三、日常生活に必要な衣・食・住・産業などに関して基礎的な理解と技能。四、日常生活に必要な国語を正しく理解し、使用する能力。五、数量的な関係を正しく理解し、処理する能力。六、自然現象を科学的に観察し、処理する能力。七、心身の調和的な日常生活における発達を図り、健康で安全な幸福な生活のために要る習慣。八、生活を明るくし豊かにする音楽、美術、文芸などに関して基礎的な理解と技能などをそれぞれ養うこととしている（永井憲一編『三省堂新六法（二〇〇七）』三省堂、二〇〇七年、九七三ページ）。

修学旅行は一八世紀後半、ドイツで始まった徒歩旅行をモデルにし、日本では明治一九（一八八六）年に高等師範学校で最初に実施した。交通機関が発達すると、徒歩旅行から鉄道など利用する旅行に変化し、日本独特の学校行事となり、一九〇〇年代には全国的に拡大して行った。戦争中は中止されたが、戦後の一九五〇年代から再び実施されるようになった。具体的には児童・生徒が集団で行なう旅行で、学校の正式行事として宿泊を伴って、教職員が引率して実施する。普段経験することのない遠隔地や自然や文化などを見聞し、知識（情報）を深め、情操（感動）を養い、学習するのが目的である（ポプラ社編『総合百科事典ポプラディア新訂版』ポプラ社、二〇一一年、一三九ページ）。実際に修学旅行に参加するには、お金が必要となるので、家庭によっては参加を見送る家もあるほどだが、重富父さんは何もいわずに賛成して下さった。修学旅行には、戦後の食糧難時代ということもあり、食糧を持参したように憶えているが、旅行・宿泊代金や少々の小遣いも必要であった。これらを何とか工面して用意して貰ったので深く感謝した。

修学旅行先は安芸宮島（厳島）である。厳島は北部は海抜五〇〇メートル級の弥山、駒ケ林、南部に海抜四六六メートルの岩船岳の山塊が海上に屹立している島である。島の面積は約三〇平方キロメートルであるが、その殆んどが山林で、人間が居住しているのは厳島神社のある北部である。厳島神社は檜皮葺きに朱塗りの社殿があり、緑の山に囲まれ、紺碧の海に面する姿形は自然と人工美の妙であり、江戸時代から日本三景の一つとされ、国の特別史跡、特別名勝となっている。島名は島全体が信仰対象で、神を斎（いつき）まつる島に由来している。その後、平成八（一九九六）年、世界文化遺産に登録された（前掲書『広島県の歴史散歩』一四～一五ページ）。

このような厳島（宮島）への修学旅行の出発当日は、非常に快晴で大へん気持ちのよい朝であった。まず、参加児童は全員が深瀬小学校に集合して、そして上川立駅から芸備線に乗り一路広島駅へ向かったのである。同級生みんなで行く汽車の旅は初めてで、こんなに楽しいものと

広島駅

は思ってもみないことであった。

広島駅に到着した一行は広島駅で下車し、山陽本線に乗り換えて、宮島口まで乗るのであるが、広島駅から宮島口駅まで、横川、西広島、新井口、五日市、廿日市、宮内串戸、阿品、下車駅の宮島口まで八つの駅がある。ところが、広島駅を出発すると間もなく、瀬戸内海の海が眼前に広がってみえた。この広がる海の風景をみて、児童のみんなが総立ちして、「海がみえた」、「海がみえた」…といって、大声でバンザイを叫んだ。中には直立不動の姿勢で、または座席の上に立って、バンザイを三唱するといった具合である。つまり、深瀬小学校児童の多くは生まれて初めて、海というものをみたのである。ある児童は正直に、「俺は海というものを生まれて初めてみた」と興奮気味に話しかけてきたのが印象的であった。だが、熊ちゃんは戦前、広島市に住んでいて、海に何度となく行った経験があり、目新しいことはなかった。それでも久しぶりにみる海には少なからず感情が高ぶった。

そして、ついに宮島口に着き下車し、それから厳島（宮島）へは連絡船に乗って渡ることになるが、汽船（連絡船）に乗船するのも初めての児童が殆んどで、みんな非常に興奮状態であった。宮島桟橋までは一〇〜一五分で着くが、連絡船に乗ると、はるか遠くにシンボル大鳥居を有する厳島神社がみえてきた。その大鳥居は、明治八（一八七五）年の築で平清盛が造営した時から八代目である。高さ一六メートル、横幅二四メートルの楠材である。砂中に埋めることなく、自らの重みで建っている。干潮時に砂浜を歩いて近寄り、下から見上げると大迫力がある。満潮時には海に浮んでいるようにみえるのである（前掲書『倉敷・広島・西瀬戸内海』一五五ページ）。厳島神社は、このように朱塗りの大鳥居で知られており、推古天皇元（五九三）年の創祀とされ、祭神は市杵島姫命とその姉妹の田心姫命、湍津姫命で天照大神などが相殿神とされている。一二世紀後半の平清盛などの発想から生まれた社殿は、平安時代の寝殿造の様式を海上に現出させたものである。

これは、平清盛の卓越した思考に基づくもので、山を御神体として、その麓に遙拝所を設けるという日本の社殿建築様式を体現化したものである。また、厳島神社に伝来する宝物、文化財を保管・展示する厳島神社宝物館（国登録）があるが、平家納経（国宝）などだけは、社務所に付設する収蔵庫に厳重に保管されている。春の桃花祭、秋の菊花祭の頃は、数点が衣裳などと共に公開される（前掲書『広島県の歴史散歩』一七〜一九ページ）。さらに、本社殿の高舞台で奉納される舞楽は、平家一門により四天王寺（大阪）から移され、舞楽面と平家一門に奉納されたものである。時の幕府や朝廷の崇敬を集めてきた厳島神社は、名だたる武将、源頼朝、足利尊氏、毛利元就などの太刀、鎧などが奉納されており、国宝、重要文化財も多くある（前掲書『倉敷・広島・西瀬戸内海』一五五ページ）。貴族から人間並みにみられなかった武士の首領平清盛は腐朽しきっていた古い朝廷の機構を握り、新時代の到来を示した。そして、平家一門は平家に非ざるものは人に非らずと豪語するほど全盛期の繁栄を享楽した。だが、この新しさ、積極さは新しい国家機構を創造するまでにはいかず、奢侈逸楽に留まった（前掲書『日本の歴史（上）』一二四〜一二五ページ）。

その他、沢山のものを見学したが、あまりはっきりと憶えていない。だが、多くの鹿がいて、その鹿を誘い寄せるための餌を与えたことや、珍しい飲物である炭酸水にレモンの香りと砂糖で味を付けたラムネというものを飲んだ。ラムネは瓶の中に入っているガラス玉が、中に入っているガス圧によって持ち上げられて密栓されているドリンクである。そのラムネを飲むと、ひどくげっぷがでて笑いが止まらなかった。とくに、注目した飲料はニッキと呼称したドリンクで、「今まで経験したことのない、何ともいえない味がするね」と仲間と話していたら、賢そうな店員が「これは楠の樹や皮を用いて作り、薬用にもなり身体によい飲物である」と説明してくれた。そのニッキという飲料を飲みながらふとみると、すぐの所に城跡があった。その史跡は戦国争乱の一舞台となった宮尾城跡で、大内氏は宮島を中心に内海の交通・商業の要であるこの地の直轄化を企てていた。この方針は大内義隆を倒し、大内氏の実権を握った陶晴賢も踏襲していた。当初、陶晴賢に協力的であった毛利元就は、石見津和野(現・島根県)の吉見氏の処遇をめぐり意見が対立し、両方はついに断絶した。

毛利氏は陶方の諸地を接収し、宮島を占領して防備を固めたのが宮尾城であった。立腹した陶軍は毛利に戦を挑んだが、毛利三〇〇余人の勤番は陶軍の攻撃によく耐え、毛利氏は勝利した。その一因となった城が宮尾城である。宮尾城は東西方向に横たわる丘陵を利用して築城され、中央部に大きな堀切を設けて、西側に五郭(城を土・石塀で囲む)、東側に帯郭を含めて一〇郭が構築されていた(前掲書『広島県の歴史散歩』二二ページ)。宮島の見学を終えて深瀬小学校を目指して帰る中途で、より社会的知識を深めるということで、広島駅で途中下車した。そして、広島市内の中心地にある福屋という有名な百貨店に立ち寄った。百貨店というのは、日本でも欧米でも近代的な小売店の先駆的存在として位置づけられていて、一八二二年、フランスのパリに出現したボン・マルシェが最初である。百貨店は現金販売、品質保証、返品、返金の自由、無料配達制度など革新的な方法を導入し、確立して行った。

日本の最初の百貨店は、明治三十七(一九〇四)年に設立した三越呉服店(三越)であり、その後、伊藤呉服店（松坂屋）、松屋、高島屋、大丸などの百貨店が出現しているが、これらはいずれも呉服商を前身としている。昭和になると電鉄系である阪急百貨店、東横百貨店（東急）が出現している（松江宏編著『現代流通論』同文館出版、二〇〇五年、六七〜六八ページ）。広島には昭和十三（一九三八）年に全館が冷暖房の本格的・近代的な百貨店である福屋百貨店が出現した（前掲書『広島修学旅行ハンドブック』三六ページ）。その福屋百貨店に入り、児童みんなでエレベーターに乗った。目的の階に到着した時、ある児童が裸足であることに気付いた。どうして裸足になっているかと尋ねたら、エレベーターの中はとてもきれいで、高級な敷物も敷かれているので、土足で入るのはいけないと勝手に解釈して、靴を脱いでエレベーターに乗ったと語っていた。大急ぎで一階まで行くと靴はちゃんとあったとのことである。店員さんの話では、このような出来事は少しも珍稀なことではないとのことである。そして、色々と体験し楽しかった修学旅行を終える頃、重富父さんは男性中心の家庭生活には限界があると判断されて、新しいお嫁さんを貰われる話がでていた。

昭和十八（一九四三）年四月一日、本川国民学校（小学校）に入学して以来、十日市国民学校（小学校）、深瀬国民学校（小学校）の六年間、種々様々なことがあった。だが、昭和二十四（一九四九）年三月三十一日をもって深瀬小学校を卒業することになった。意外のことに、熊ちゃんは成績優秀者、つまり世にいう優等生として表彰されることになったのである。これまで育てて貰ったいろいろな人たちの恩情に感謝するのみであり、すべての人々に「ありがとう、ございます」といわせて頂きたい。さて、卒業写真をみると、卒業式の当日は快晴できわめて天気がよかったので、校舎の正面の玄関前で撮っている。先生方は男性五人、女性三人で、最前列に並び、椅子は簡単なビニールのようなものを張った肘掛けのない椅子に座られている。卒業生たちは木製の長椅子で、前列と後列の二列に並んで立って写っている。ただし二人、女子児童一人、男子児童一人は少々椅子の長さが足らないので、長椅子の上に立ちきれず、先生たちの座っている椅子の横、向かって左端（男子）と右端（女子）に立っている。先生方の後側で前列の長椅子に、向かって左から男子六人、女子三人の九人、そして後列の長椅子に、男子六人が立っている。

具体的には、先生方と並列に立っているのは、向かって左側が松本勉くん、右側が吉宗弘子さん、一段目の前列（長椅子）左側から熊田喜三男くん、滝野人司くん、中原春麿くん、畠中幹男くん、西谷公克くん、常広啓曹くん、菊地政江さん、山田三喜子さん、上野美保子さん、二段目の後列（長椅子）、左側から岸田郎一くん、辺見敏昌くん、藤岡秀明くん、小山寿美くん、中川敏明くん、植原武夫くんである。これらの仲間のうち滝野人司くん、西谷公克くん、辺見敏昌くん、畠中幹男くん、また卒業生ではないが途中転校した福原好美くんも亡くなっている。心よりご冥福をお祈り致します。さらに、先生方や卒業生の服装をみてみると、男子の先生は軍服姿が二人、一人は丸眼鏡をかけ布製の運動靴（ズック）を履き、他の一人は丸眼鏡をかけ、陸軍将校用の長靴を履いている。この先生は元軍人で正真正銘の陸軍将校であった人である。背広の先生が三人、一人は丸眼鏡をかけた陸軍の編上靴を、一人は眼鏡なしでサラリーマン用の短靴を、一人は眼鏡なしで、陸軍の編上靴を履いておられる。女性の先生は一人は短いコートを着て、もんぺを着け布製の運動靴（ズック）を履いておられる。また二人は、婦人上衣を着て、もんぺ風のズボンを履いており、一人は布製の運動靴（ズック）を、もう一人は紐靴を履いておられる。

一方、児童についてみると、女子児童の一人はセーラー服風の上衣にもんぺを着け、足袋を履き下駄を履いている。他の女子児童の一人はブラウスにもんぺを着け、布製の運動靴（ズック）を履いている。他の女子児童二人はセーラー服風の上衣にもんぺを着け布製の運動靴（ズック）を履いている。男子児童は一人はセータを着ているが、他の児童は全員が五つボタンの学生服に長ズボンを着けている。しかし、履きものは一人が足袋を履き、雪駄を履いていた。その他は布製の運動靴（ズック）かズックに似た運動靴を履いていた。なお、一人の女子児童が写っていないが、この女子児童戸島百合恵さんは、卒業名簿に載っているので、卒業式には欠席したと推測される。結局、卒業写真に写っているのは一七人であり、一人写っていないので一八人が卒業したのであった。

むすび

誰でも小さい時、一度や二度は経験することであろうが、それにしても熊ちゃんの場合、人間ではどうしようもない運のよさというものを持っているようである。それは幾度も人生の危ういところを突破し、助かったからである。運のよさの第一は、学童疎開で広島市から双三郡十日市町（現・三次市）へ行く時、国民学校（現・小学校）の二年生であったが、昭和二十（一九四五）年四月から三年生に上がることになり、三年生から六年生までの学童が対象になったことである。もしも、もしもということは現実にはありえない言葉であるが、現実になっていないことを仮にもしもと想定したとすると、熊ちゃんは未だ二年生であった。そこで、三年生に達していない学童という範囲で昭和二十（一九四五）年三月三十一日に仮に線を引かれていたとすれば、学童集団疎開はできず、昭和二十（一九四五）年八月六日の広島の原爆投下により即死していただろう。ちなみに戦争中は夏休みはなく、当日は学校の校庭に集まり朝礼中で、全員犠牲になったとのことである。

しかも、当初の国の計画では学童集団疎開の対象は東京、横浜、川崎、横須賀、名古屋、大阪、神戸、尼崎、門司、小倉、戸畑、若松、八幡市の一三都市であった。昭和二十（一九四五）年四月になって、本土空襲が激化して、学童集団疎開の範囲を京都、舞鶴、呉、広島市の四都市が追加されたことである。もしも、広島市が追加されていなかったら、昭和二十（一九四五）年八月六日の広島の原爆投下により死亡していただろう。危機一髪のところで原爆投下の難を免れたのである。さらに、重要なことは、チヨノ母さんが学童集団疎開に同意し賛成してくれたことである。何故ならば学童疎開には食費や布団などで、家庭の月収の一五～二〇％程度の自己負担が必要となるからである。それらの諸経費を負担することができず、賛同が得られなかったら、そのまま広島市へ留まらざるを得なくなり、爆心地から約五〇〇メートル以内に自宅があったことを考えれば、昭和二十（一九四五）年八月六日の原爆投下で亡くなっていただろう。

運のよさの第二は、昭和二十（一九四五）年八月十五日に、戦争が終り、寺に学童集団疎開していて、身寄りもなく引き取り手のない学童は、広島の似島送りとなっていた。その時、松本父さんから寺側に身寄りのなく、引き取り手のない男子を三人貰い受けたいとの申し込みがあったが、その際の第一次選考の中には、熊ちゃんは入っていなかった。だが、第一次選考の合格者三人の中に不都合な男子がいて合格取り下げが一人でたことである。そこで一人欠員が生じたので、残留組の中での再選考の結果、熊ちゃんが補欠合格となり貰われることになった。もしも、補欠合格（繰り上げ合格）がなかったら広島の似島送りとなり、今日とは全く異なった道を歩かざるを得なかったであろう。運のよさの第三は、松本父さんに貰われることが正式に決まり、松本家の親類の重富家で安定した生活をしていた時、広島市から熊ちゃんの縁者だという人たちがきて、熊ちゃんを引き取りたいといってきた。松本父さんは「そんなに濃い身内がいるのなら、何の縁もゆかりもない松本が引き渡さないということはできない」ということで、熊ちゃんは引き渡され、縁者に広島市へ連れて行かれた。

しかし、連れて行かれたところが、とんでもないところであったので、とに角、縁者の家から脱出した。広島駅へ直行したが、子どもには切符は販売できないといわれ、途方に暮れてしまった。その時、ふと松本家を訪問されたことのある中国配電（中国電力）の本社勤務されている山縣さんを思い出した。そこで、中国配電本社を必死で探して歩き、失敗に失敗を重ねながら探し当てた。山縣さんは、たまたまその日に限り、仕事が忙しく夜遅くまで残業されていた。残業が終ったので、帰り仕度をしていた時、タイミングよく訪ねてきたとのことであった。そして、山縣さんと出会い連れて帰って貰ったのである。もしも、山縣さん不在で、出会うことがなかったら、大へんなことになっていただろう。このように、少年時代はいろいろと運のよさがあったが、運のよさという表現より、運命的な出会いをしたと形容した方がよいかも知れない。

なお、少年時代から知識欲が旺盛で小学校を卒業すると、その後さらなるよき出会いにより、中学校（義務教育）、三次高等学校、大学：同志社大学（商学士）、関西大学（経済学士）を卒業し、さらに関西大学大学院経済学研究科修士課程（経済学修士）および博士課程を修了した。博士課程は、その後正規学生として再入学したので、これらを含めると一四年間も正規に大学に在籍したことになる。それほど大学というところは、熊ちゃんの心を引き付け、自分で稼いだお金は惜しみなく大学の教育に投資するほど夢中にさせるものがあった。また、長く大学に在籍していたので多くの学生、先生方や尊敬する立派な先生方にも出会った。さらに、生活面、勉学面での出会いをまとめてみると、次のようになる。生活面では、小学校時代：重富七郎氏、中学校・高等学校時代：松本徳一氏、大学時代：国嶋貴八郎氏、大学院時代／修士課程・博士課程：柳沢幸四郎氏、柳沢哲明氏、勉学面では、小学校時代：野村剛先生、中学時代：武田諒治先生、高等学校時代：小早川熙先生、大学時代／同志社大学：今井俊一先生、大学・大学院時代／関西大学大学部・大学院修士・博士課程：松原藤由先生、職場時代：愛知女子短期大学、名古屋外国語大学学長・理事長：中西憲一郎先生などである。

参考文献

M・トウェイン著、鈴木幸夫訳『トム・ソーヤの冒険』旺文社、一九七八年
R・カイヨワ著、多田道太郎、塚崎幹夫訳『遊びと人間』講談社、一九九六年
B・G・ジェームズ著、榊原清則、丸岡勝義、上林晧示、松崎貴義訳『ビジネス・ウォーゲーム』（企業行動の戦闘性）東京書籍、一九八五年
S・E・モリスン著、増田義郎企画・監修、荒このみ訳『大航海者コロンブス』原書房、一九九二年
小泉八雲著、上田和夫訳『小泉八雲集』新潮社、一九七九年
松尾剛次『「お坊さん」の日本史』日本放送出版協会、二〇〇二年
青木正和『結核の歴史』講談社、二〇〇三年
黒羽清隆『太平洋戦争の歴史』講談社、二〇〇四年
井上清『日本の歴史（上）』岩波書店、一九九六年
井上清『日本の歴史（下）』岩波書店、一九九六年
文浦史朗『太平洋戦争』ナツメ社、二〇〇四年
三次地方史研究会編『三次の歴史』菁文社、一九八五年
前野徹『戦後歴史の真実』扶桑社、二〇〇三年
中沖満・GP企画センター『国産トラックの歴史』グランプリ出版、二〇〇五年
吉成勇編『「毛利一族」のすべて』新人物往来社、一九九七年
古川薫『毛利元就とその時代』文藝春秋、一九六六年
増田義郎『大航海時代』講談社、一九九一年
広島県の歴史散歩編集委員会編『広島県の歴史散歩』山川出版社、二〇〇九年

螢雪時代編集部編『全国大学内容案内号（二〇〇九・八）』旺文社、二〇〇九年
旺文社編『日本国「受験ユーモア」五十五年史』旺文社、一九八五年
森鷗外『山椒大夫・高瀬舟』新潮社、一九八〇年
芥川龍之介『トロッコ・一塊の土』角川書店、一九八〇年
志賀直哉『小僧の神様・城の崎にて』新潮社、一九八〇年
倉田百三『愛と認識との出発』角川書店、一九八二年
井伏鱒二『黒い雨』新潮社、一九八四年
土田宏『リンカン―神になった男の功罪』彩流社、二〇〇九年
赤坂憲雄『東西／南北考』岩波書店、二〇〇〇年
谷川健一『柳田国男の民俗学』岩波書店、二〇〇一年
内野達郎『戦後日本経済史』講談社、一九九五年
藤野幸雄『夢みる人作曲家フォスターの一生』勉誠出版、二〇〇五年
長沢源夫『二宮尊徳の遺言』新人物往来社、二〇〇九年
折口透『自動車の世紀』岩波書店、一九九七年
松江宏編著『現代流通論』同文舘出版、二〇〇五年
長谷川昭彦『地域の社会学』（むらの再編と振興）日本経済評論社、一九九二年
中西啓之『改訂新版市町村合併』（まちの将来は市民がきめる）自治体研究社、二〇〇二年
山代巴『霧氷の花』（囚われた女たち第一部）径書房、一九八〇年
伊藤信吉『詩のふるさと』新潮社、一九六六年
広島県地方課編『土魂』広島県地方課、一九四三年
牧下圭貴『学校給食―食育の期待と食の不安のはざまで』岩波書店、二〇〇九年

加藤文三・西村汎子・佐藤伸雄・米田佐代子・本多公栄『日本歴史（下）改訂版』新日本出版社、一九八五年
蠟山政道『日本の歴史（第二六巻）』（よみがえる日本）中央公論、一九七一年
長田武正『野草の自然誌』講談社、二〇〇三年
青木斉『クリの作業便利帳』（作業改善と低樹高化で安定収入）農山漁村文化協会、二〇〇四年
八木宏典『史上最強カラー図解プロが教える農業のすべてがわかる本』ナツメ社、二〇一〇年
有坪民雄『イラスト図解コメのすべて』日本実業出版社、二〇〇六年
仁藤齊『豆腐』農山漁村文化協会、二〇〇〇年
出町誠『カキ』（ＮＨＫ趣味の園芸よくわかる栽培一二か月）日本放送出版協会、二〇〇七年
木村邦英『もっとうまくなる！陸上競技』ナツメ社、二〇一〇年
西尾道徳・西尾敏彦『農業』ナツメ社、二〇〇五年
原田泰夫『将棋をはじめたい人に』成美堂出版、一九八四年
宮本明編『ベスト・オブ・世界のうた、日本のうた』ビクターエンタテインメント、二〇〇六年
梧桐書院編集部編『歌のなんでも百科』梧桐書院、一九八〇年
佐々木達夫『日本史小百科〈陶器〉』東京堂出版、一九九四年
都留重人編『岩波小辞典経済学』〈改訂版〉岩波書店、一九六三年
深見義一編『増補マーケティング辞典』中央経済社、一九七八年
永井憲一編『三省堂新六法（二〇〇七）』三省堂、二〇〇七年
ポプラ社編『総合百科事典ポプラディア新訂版』ポプラ社、二〇一一年
講談社総合編集局編『週刊日録二〇世紀（一九四五）』（マッカーサーの二〇〇〇日）、講談社、一九九七年三月四日号

ブルーガイド編集部編『倉敷・広島・西瀬戸内海』実業之日本社、二〇一〇年
山住正己「戦時体制下の子どもと学校」戦争と子どもたち編『写真・絵画集成　戦争と子どもたち』〔二〕、（戦火のなかの日々）日本図書センター、一九九四年
早乙女勝元「戦時下の少国民たち」戦争と子どもたち編『写真・絵画集成　戦争と子どもたち』〔四〕、（小さな戦士といわれて）日本図書センター、一九九四年
蓮田宣夫「学童疎開の子どもたち」戦争と子どもたち編『写真・絵画集成　戦争と子どもたち』〔五〕、（家族と離れて生きる）日本図書センター、一九九四年
早乙女勝元「一九四五年（昭和二十）の子どもたち」戦争と子どもたち編『写真・絵画集成　戦争と子どもたち』〔六〕日本図書センター、一九九四年
池田清編、太平洋戦争研究会、平塚柾緒、森山康平著『図説　太平洋戦争』河出書房新社、二〇〇五年
竹内誠監修『日本の街道ハンドブック新版』三省堂、二〇〇六年
三次市役所商工観光課編『ガイドブックみよし』三次市役所商工観光課、一九七三年
三次市観光キャンペーン実行委員会編『三次ガイドブック』三次市産業部商工観光課、二〇〇九年
平和学習ヒロシマノート編集委員会編『平和学習ヒロシマノート』平和文化、一九九七年
広島平和教育研究所／広島県原爆被爆教職員の会編『ヒロシマへの旅―平和学習のしおり』広島教育用品、二〇〇五年
広島平和教育研究所／広島県原爆被爆教職員の会編『改訂版あるいてみよう広島のまち』（平和学習のしおり）広島県教育用品、二〇〇〇年
森田俊男監修、平和・国際教育研究会編『広島修学旅行ハンドブック―学び・調べ・考えてみよう』平和文化、二〇〇五年

黒古一夫、清水博義編、J・ドーシー翻訳『原爆写真ノーモアヒロシマ・ナガサキ』日本図書センター、二〇〇五年
高山女性史学習会編『写真記録飛騨の女性史』郷土出版社、一九九三年
横須賀薫監修、小柳明子編、横須賀薫、千葉透、油谷満夫著『図説　教育の歴史』河出書房新社、二〇〇八年
野島博之監修、成美堂出版編『昭和史の地図』成美堂出版、二〇〇五年
朝日新聞社事典編集部編『平成大合併がわかる日本地図』朝日新聞社、二〇〇六年
昭文社編『都市地図、広島市』昭文社、二〇一〇年
日地出版編『最新都市精図・広島市』日地出版、一九七六年
大阪昭文社編『都市地図・広島市』大阪昭文社、一九七二年
昭文社編『都市地図三次・庄原市』昭文社、二〇〇六年
広島県観光連盟編『広島さんぽ』広島県観光連盟、二〇一〇年、春（三〜五月）
三次市教育委員会編「三次市文化財マップ」資料、三次市教育委員会、二〇一〇年
英公社編「わおマップ三次市」資料、英公社、二〇〇九年
広島県三次市編「山代巴記念室」資料、広島県三次市、二〇〇〇年
三次税務団体協議会編『みよし会報』（第一二四号）三次税務団体協議会、二〇一〇年二月一日
『中日新聞』（サンデー版）中日新聞社、二〇一〇年八月十五日
『中日新聞』（朝刊）中日新聞社、二〇一二年五月二十八日
『中日新聞』（夕刊）中日新聞社、二〇一二年一月六日
『中日新聞』（朝刊）中日新聞社、二〇一二年五月二十三日
「本川小学校平和資料館」説明文

「旧広島駅本館と駅前広場」掲示板説明文撮影・川本俊雄、一九四五年十月頃
交通新聞社編『小型全国時刻表』（四月号）交通新聞社、二〇一二年
Casio Computer Co., LTD., Ex-Word, XD-SW9400 DATA Plus 3.

著者紹介

熊田　喜三男（くまだ　きさお）

一九三六年　広島県に生まれる
一九七一年　関西大学大学院経済学研究科博士課程修了

現　在　名古屋外国語大学名誉教授

著　書　『マーケティング最前線』（共著）学文社、一九八四年
『経営情報論』（編著）学文社、一九八五年
『情報社会と生活』（単著）学文社、一九八九年
『国際マーケティングの展開』（単著）学文社、一九九三年
『産業・組織心理学の研究の動向』（共著）学文社、一九九四年
『情報時代の社会・経営』（編著）学文社、一九九五年
『国際マーケティング戦略』（編著）学文社、二〇〇〇年
ほか

少年時代
～熊ちゃん少年～

◉検印省略

二〇一三年二月二〇日　第一版第一刷発行

著　者　熊田　喜三男
発行者　田中　千津子
発行所　株式会社　学文社
〒一五三−〇〇六四　東京都目黒区下目黒三−六−一
電話　〇三（三七一五）一五〇一（代）

印刷　新灯印刷株式会社

ISBN 978-4-7620-2352-1